卓尔文库·守望者文丛

谓我心忧

刘东　著

海天出版社（中国·深圳）

图书在版编目（CIP）数据

谓我心忧／刘东著 . —深圳：海天出版社，2018.1
（卓尔文库·守望者文丛）
ISBN 978-7-5507-2121-0

I. ①谓…　II. ①刘…　III. ①时事评论－中国－文集　IV. ① D609.9-53

中国版本图书馆 CIP 数据核字 (2017) 第 193933 号

谓我心忧
WEIWO XINYOU

出 品 人：聂雄前
责任编辑：韩慧强　王媛媛
责任技编：梁立新
装帧设计：浪波湾图文

出版发行：海天出版社
地　　址：深圳市彩田南路海天综合大厦（518033）
经　　销：全国新华书店
印　　刷：深圳市华信图文印务有限公司
开　　本：889mm×1194mm　1/32
字　　数：138 千
印　　张：7
版　　次：2018 年 1 月第 1 版第 1 次印刷
定　　价：39.00 元

策　　划：🛡大道行思文化传媒有限公司
地　　址：北京市海淀区蓝靛厂南路 55 号金威大厦 707—708 室（100097）
电　　话：编辑部（010-51505219）　　发行部（010-51505079）
网　　址：www.ompbj.com　　　　邮箱：ompbj@ompbj.com
新浪微博：@大道行思传媒　　　　微信：大道行思传媒（ID：ompbj01）
大道行思公司常年法律顾问：天驰君泰律师事务所律师冯培，电话：010-61848179

悠悠苍天，此何人哉？
——序我的这本小书

　　这本小书，虽然算不上主要的写作成果，却反映了笔者的另一种心向——正好比在紧张研究的间歇中，突然推开了书房的哪扇门窗，而心情也随之迈了出去，一步跨入了嘈杂纷扰的尘世，讨论起哪种具体社会问题来。

　　实际上，类似这种夺门而出的动作，也已持续过几十个年头了。而由此，收集到这里的文章，自1988年到2016年，也就标出了相应的时间跨度。尽管越到人生的这个时刻，我就越不愿意随口讲出，自己是写着写着就变老了，但毕竟，一旦来集中浏览这部校样，还是很容易从中分辨出，哪里已是"昨日之我"，哪里则是"今日之我"。也就是说，虽说自问血性还照样存在，还远远没有变凉变冷，还远不是"岂有豪情似旧时"，可心气总还是默默地有所变化。在这个意义上，这本书虽说篇幅较小，可它的容量却未必就很小，浓缩着很长的一段生命历程。

　　当然，反映在文章中的这种变化，除了生命时间的正常推移，也有它所遭遇的不那么正常的外因，那就是外在语境的渐次变冷，就像那些经历过"解冻"的苏联作家，重又看到了白花花的冰面，即使那冰层还没有那般厚实，那般严丝合缝。可反过来说，也正是冲着日趋硬化的语境，就更会从心头油然生出忧思，无论那思绪是可以直接发表，还是只能在某种程度上发表，或者只能换个委婉的说法发表；要不就是根本不能发表，甚至都不好公开地谈论——无论如何，这种打心底绵绵而生的思绪，总是想摆脱也甩不掉的。长期以来，自己总是带着这样的忧思入睡，也总是带着这样的忧思醒来，更不要说那些醒来就记不清，却觉得更加可怕的梦魇了。在这个意义上，正如早期海德格尔所刻画的，忧思对于我这个"此在"来说，实在是伴随自己生命始终的，乃至作为自己生命表征的本质特点。

也正因为这样，今番重读收集到这里的文字，尽管已过去了很多时日，还总还能回想起当年的激情。无论外在的情势如何变异，正如那副有名的对联所说的，对于"风声、雨声、读书声"，总要充满警觉地"声声入耳"，对于"国事、家事、天下事"，也总要由近及远地"事事关心"——这才属于一位读书人的分内事！而说到底，出资供养他的这个社会，也只有从他经年不息的忧思中，才终究能体验到他的价值，甚至，也体会到当初去供养他的用意。此外，如果两个世纪以来的中华世界，并没有错上加错地一味沉沦，倒总能从一败涂地之余又迎来喘息之机，那首先也正要归因于，从这个世界的内部、深处或底层，总是涌动着这种遏止不住的忧思。

　　这也就决定了，虽说处理的问题各不相同，有时只是应着记者的随机漫问，而偶发地回答某个特定的问题，但在这本书中一以贯之的，却总是长存于自己心中的、永远都摆脱不掉的忧思。如果说，作为长期任教于北大、清华的教授，自己难免先要操心本职的工作，由此本书中的不少篇幅和精力，都首先要去针对教育、特别是高等教育，那么，只要来访的记者向我问起，就会发现自己还对其他问题，哪怕是向未涉猎讨论过的问题，也都潜存着由来已久的忧虑——从深层的道理来讲，《礼记·大学》中那个经典的同心圆，也即"修身、齐家、治国、平天下"，既构成了不断扩充的认同基础，也构成了不断扩张的操心范围，所以一位儒者从近思走向远虑，而终究要达至心忧天下的境界，这从来都属于不可逆的心理发展过程。

　　即使后来从北大调到了隔壁学校，来恢复这里具有厚重传统的清华国学院，学术上的背负无疑是更加沉重了，可内心的忧思却未有丝毫减缓。恰恰相反，正是在收集在这里的文章中，我倒是从另一个侧面来大声疾呼，儒学是应当同样具有批判力度的，它完全有理由基于自身的价值关切，建立起文化研究的中国学派，去对许多社会现象进行尖锐的暴露与批评。要知道，当年的孔子并非只在一味地"信而好古"，与此同时他还是从事"当代研究"的。所以，要是在我们心中还潜藏着愤怒，那愤怒也应当是根底深厚和其来有自的，是具有中国风度和针对中国问题的，而不能只是照搬伯明翰学派的，或者简要地说，我们总不能连愤怒都是从国外舶来的。

还应当交代的是，本书的主体部分或大部分篇幅，起初都是写给《中国青年报·冰点》周刊的，也有少量发表在《人民日报》和其他报章上的。这一方面是因为，《冰点》作为一份附加的周刊，其篇幅相对开阔一些，足以容纳我较为展开的论说，另一方面也是因为，《冰点》作为一个敏锐的纸面媒体，总是鼓励学者去涉猎社会问题，甚至有意地打电话来进行相应的激发。事实上，往往正是他们向我讲述的社会问题，才转移了我当时的注意方向；否则的话，即使是日日在与忧思为伴，可书斋式的生活毕竟会牵引自己，去专门忧虑那些更加学术化的难题。

最后还要再来强调一遍，不管这些忧虑带来过多少痛苦和困扰，遭遇到多少失语的抑制，如能从更加长远和超拔的眼光来看，则它们无论对社会的个体还是整体，都更属于智慧的资源和珍稀的财富。正因为如此，相当一段时间以来，我对身边这些北大或清华学生的忧虑，首先就在于他们到底有没有学会忧虑，尤其是学会去忧虑身家之外的高远事情。而反过来说，一旦他们从这里接过了这种忧虑，我们的薪火相传的教育使命，也就可算是接近完成了，终于有人要为这个文明再去操心了。在这个意义上，当我从《诗经·黍离》的"知我者，谓我心忧；不知我者，谓我何求"中，截出"谓我心忧"四字来为本书点题时，深层意指毋宁更落在此诗的后一句上，那正是重复了三遍的"悠悠苍天，此何人哉？"

正所谓"嘤其鸣矣，求其友声"——而我不得不承认，暗自鸣叫于心中的这些微茫的指望，无论能不能真正而最终地落实，在看过了前代或同侪的全部出息之后，也就只有寄托在那些忘年的年轻朋友身上了。

刘东

2017 年 1 月 23 日

三亚湾·双台阁

目　录

辑二

辑一

"差不多"中的道理
——消费主义时代的《劝学篇》

　　记得胡适以前曾写过一篇"差不多先生",用类乎说书的形式,批评中国人干什么都马而虎之,总拿"差不多"这句口头禅去推托敷衍。这文章固然做得有趣,但眼下我却又很想反其意而用之,因为人世间现今冒出了越来越多的身外之物,确实值不得较什么真儿,故我们倘非时常对之念叨着"差不多就得"之类的老话,就准会活得太累,以至于身不由己地把自家原来最想完成的事业撇下了、糟蹋了。所以,值此消费主义甚嚣尘上、刺激得整个社会一片功利滔滔之际,我愿意学一回"野人献曝"的故事,把自己在这方面的一点儿觉悟,讲给那些至少本意还是有志于向学的青年人听听,试试他们还能以为然否?

一

　　先说几个物质要求方面的小例子吧。我想大家在《战国策》中,一定都读过孟尝君的那位有名门客冯谖的故事。但不知大家可曾这么对比过：这故事之所以吊人胃口，其中很重要的一个原因恰是，在过去那样的生产力水平下，居然还会有哪个凡夫俗子在不断地高声抱怨"食无鱼"，这不免教人觉得有点儿蹊跷，随之便产生了某种悬念：逆料到他以后总会有一番不平凡的作为。而实际上，这件事要是挪到现代社会来，就显不出什么稀罕了：即便是再普普通通的老百姓，假如他顿顿都希望以鱼佐餐，人们也只会祝他千万别倒了胃口；相反倒是他果真清苦到了餐餐总是"食无鱼"的程度，没准儿还会出乎大家的意外。正因为这样，我对电影《老井》里的那一盘盘木头鱼真是没齿难忘——如若导演讲的故事果有所本，那么西北老乡们确实曾经活得太惨了！

所以结论就明摆了出来：如今的生活无疑是普遍改善了。本来这是很值得庆幸的事儿；只可惜这事儿却远不算完，因为日益膨胀的市场还会不断地制造出新的需求、刺激起新的欲望来，反倒有可能叫你觉得眼下这日子更没法过！而一旦遇到了这种情况，我便很愿意转念去想：其实什么事还是能有个"差不多就得"了吧！我们还是拿吃鱼这事儿为例：假如你碍着情面很不情愿地大老远去赶一个饭局，席间碰巧端上了一道名贵的水产，比如石斑鱼什么的；这时候，好客的主人便免不了要眉飞色舞地专门把它介绍一番，而且在大家一齐下箸风卷残云之余，你也确实会努力再回味一下它的口感有什么妙处（只可惜舌头上的味蕾从来都不像大脑皮层的细胞那样善于记忆）。不过，真正在撤回家之后，我却又会觉得——其实这鱼跟家常吃的鲤鱼、鲢鱼之类也

"差不多"。所以，能够偶尔撞上尝尝鲜固然很好，而若是能在家里也时不时吃一回当然就更好，不过，下次要是让我仅仅为了分辨这么一丁点儿味觉上的差别，又去风尘仆仆地跑那么远赴什么宴，我还是只能将其视为畏途。不消说，我更不会像古代的季鹰那样，一念及西风已起、鲈鱼正肥，便为了大快朵颐而想把任何正经事都撇到脑后去——那样的话，我固无官可辞，但至少也得勉为其难地接受一些本来很无聊的稿约，去赚点儿非分的润毫之资吧？

　　类似的例子还可以信手拈来许多。比如我们刚才讲到了畏途，或许大家难免就要联想到：目前北京的路途也的确是够教人望而生畏的，所以，任何人只要在出门时乘不上轮子，都完全有理由像冯谖那样再为"出无车"而高声抱怨一番。这自然是不在话下的；然而大家也千万别忘了，这只是问题的一个方面。而在另一方面，我又曾有过与之截然相反的感受。比如偶尔有幸搭乘一趟哪位下海朋友的豪华奔驰轿车，坐上去不仅冬暖夏凉舒坦得很，而且还让人人瞩目、威风八面。我承认，我的确曾在车上感叹过——瞧瞧人家这车，绝对比以前皇上的龙辇都强得多！但有意思的是，才刚刚下车不久，我脑子里却又在转另一根筋了：其实若只是为了赶路的话，那么这车跟自己平时总还打得起的面的也"差不多"！尤其是，若再回想一下刚才那位朋友在汽车里还忙乎得不断地拨着手机兜揽生意，皱着眉头操了那么多他本来也并无任何兴趣的烦心，我就更会觉得，假如只是为了能在出门时少受一点儿颠簸或寒暑之苦，便非得忙得这么昏天黑地不可，那么我宁可还是不往海里扎这个猛子的好；或者更形象一点儿说，我可不甘心当这种为了能披挂一副唤作奔驰的好鞍便不得不当真成天奔驰的赛马！说到底，念书人本来就更贪恋书斋里的这份清静，非到迫不得已根本就懒于走动，所以不管坐什么车，总不如能干脆少出门多念书更教人觉得既充实又悠闲吧？

好了，咱们不再讲那些至少目前对于念书人来说还有点可望不可即的玩意儿了。其实，即使只举我们身边的、不那么昂贵的日用品为例，道理总还是一样的。比如，上好的云烟、龙井，都确实值得好好品尝，所以只要有点儿闲钱，我们也不妨略备些许，不光留着待客，也经常取出来"对得起自己"一下。可是，照我个人的亲身体会（尽管我自信还并非《西游记》中那位完全食而不知其味的呆子），你要真想识得其趣，总还得等到有工夫和闲心去细细品味儿的时候才行；而若是当你读书读到兴头上，写作写到紧张处，顺手去点根烟喝口茶，由于本来就心不在焉，你又会觉得它们其实和普通的香烟和茶叶也都"差不多"了。再比如，原装的486电脑果然是更清晰更可靠，时髦的29寸电视也果然是更逼真更壮观，这些我都曾经在朋友家中很是赞叹地发现过（而且这点儿钱只要想掏也总还掏得起）。可话说回来，果欲逼得我也心急火燎地对这些家什儿更新换代，那就非得等我正用来敲这篇文章的电脑坏得没法修了才行，否则我还是会觉得：其实只要速度够用，则电脑的用处就全都"差不多"，反正我的专业也不需要去计算宇宙直径之类的难题！至于大屏幕电视，那就更是可有可无了——说句不算太刻薄的话，咱们的电视台还根本没生产出值得用它接收的节目来呢！

这还是在说那些在使用价值上的确有点儿差别的东西呢。而依我看：目前市面上的一些奢侈品，除了索价惊人之外，其实根本就没有什么真正的特殊妙用。正因此我们才会见到，有些所谓的高档货物，除非你为此再去费大劲儿修习专门的知识，就很难把它们跟具有同类用途的普通货物区别开来。比如那些原本就只是为了眼睛而非为了屁股添置的真皮沙发，且不说它们硕大的体积本身就充斥得整个房间很像荒诞派戏剧《椅子》的舞台了，光是看到其主人为了证明其面料的真实性又是使手掐又是点火烧的，恐怕你也不难悟出来——这种家私的用处其实跟普通沙发也"差不多"，否则人们又何须煞费苦心地去甄别它显摆它？再比如那种一小碗糊糊就敢值两大部《通鉴》的鱼翅粥，且不说我们人类究竟有没有权利为着口腹之贪就把人家鲨鱼的鳍统统都割下来了，便是谁真想闭着眼睛把它跟普通的粉条汤区别开来，只怕也非要受许久严格的训练不可。不消说，一旦碰到这种场合，我那种"差不多"的心情就更要占上风了！

再进一步讲，还有些更可笑的销金的去处，不单其实际的用途相当可疑，甚至我们竟完全有理由说，它们唯一能吸引消费者的特点就在于：让你当众去连眼都不眨地挥金如土！比如在咱们北京的馆子中，如今有著名的"三刀一斧"，其宰客的狠劲儿可谓妇孺皆知。按说，既已这般的声名狼藉，它们早该关张大吉了吧？但事实却刚好相反：恰恰由于人人都知道那是最不值得去的地方，才会吸引得暴发户们频频到那里去大宴宾客，以便最确凿无疑地向别人炫耀——自己已经阔到了不怕拿钱打水漂的程度！因此说到底，这种地方除了能提供一桌其实跟别家馆子的味道"差不多"的酒席之外，它们真正有特色的服务就只在于——把小刀磨得快快的来宰你，而且越是宰得连你请来的客人都为之心疼为之动容，这种服务就越到家！人类的消费心理居然能够病态到这种程度，真是良可浩叹！故而说起来不怕见笑：本人虽亦尝应邀去过那种地方几遭，却由于受不了主人一掷千金的夸富姿态，根本就没能吃饱，而一逃回家就赶紧掏冰箱里的东西充饥，所以只能算是被请去受了几次洋罪！当然，只要有人愿意充这种冤大头的话，大家也不必发"永不光顾"之类的毒誓——即便只去看看人性能被扭曲到什么程度，也不失为长了点儿见识吧？可若是反过来，我又要说那话了：哪怕你一辈子都未曾去过那种无聊的地方，其实也"差不多"吧？——这绝对于你实际的生活质量并无大碍！

二

好了，扳着指头这么算度了半天，我想敏感的读者们一定都觉出来了——你这句"差不多"的口头禅可跟胡适讲的不大一样：它不仅不显得糊涂混沌，倒竟透出几分精明的心计呢！

可不是怎么的？如今经济的重要性不仅在社会生活方面而且在个人生活方面都日渐凸显了出来，使人觉得这个市场竟像古人云"既可以载舟亦可以覆舟"的大水一般，不仅可以很快地为你带来便利与福祉，也可以在顷刻间把你的生活全给毁了（就连某些本来已经很有苗头、甚至很有成就的学者也往往在劫难逃）。这样一来，就逼得连最无经济头脑的书生也很想悟悟驾驭它的规律了，以图弄清到底在什么时候应当充分利用它，而在什么时候又必须竭力对抗它！所以，尽管我不敢夸口自己发明了什么"消费主体经济学"之类的新学科，可又自信在这种"差不多"的"模糊经济逻辑"中，却也很隐藏着一些自家体贴出来的道理呢。

首先，借用一个时髦的经济学名词，我要给出一个公式：市场上任何一种具有使用价值的商品或服务，不仅都有其最优的性能价格比，而且这种性价比还决非简单套用外在客观标准便足以恒定的某类常数，而毋宁是一条受消费者主体之内在需求的变化函数所决定的起伏不定的曲线。大家幸勿以为我突然把脸板得如此学究气，只是图着开个玩笑讲讲戏言，其实我完全是郑重其事的。因为，根据上述公式，我们就足以证明——当我在前一节不停地念叨那句"差不多"的口头禅的时候，并不是在拿阿Q精神来安慰自己，而是在努力把捉那个对于我个人来说乃属最佳值的中介点。另外，根据上述公式，我们还足以断定，究竟什么样的消费行为才具有典型的反常和非理性性质：一方面，设若某种商品或服务的性能并不符合你个人的实际需求，那么即使它索价再低，对你也是不经济的；而另一方面，设若某种商品或服务的性能超出了你个人的预期需求，则哪怕它的附加值再少，也会使你付出过高的消费成本。我以为，读者们一旦灵活把握住了这种真正适合于自己的经济规律，从而自觉地打消费心理的深处把自己解救出来，就会不知少上时尚杂志多少当，就会不知挣脱多少根被广告公司暗中拴住的牛鼻绳！说句也许有点儿叫人难堪的大实话吧：假如你并非专业的品酒师，而且只要不装腔作势，你也明知自己压根儿就不具备那种挑剔已极的味觉，则你便完全可以有理由对杯中物到底属于 VO 还是 XO 索性忽略不计；同样，假如你并非专业的音乐家，而且自度这辈子再也造化不出那种精益求精的听觉来了，那么倘若你还煞有介事地讲究高保真音响之类的劳什子，才真的算是发足了"高烧"！

其次，如果上述消费公式可以成立，也就是说，如果任何商品或者服务的最优性价比确实只能是相对于主体的，则我们就可以据此做进一步的推论：鉴于主体本身的状况是不断变易的，故此一种消费行为到底合理和经济与否，就完全要视购物者当时的具体情态而定。想想我们刚才讲过的在不同的情形下云烟和龙井可能具有不同使用价值的例子，再想想苏东坡当年那句"晚食以当肉，安步以当车"的名言，我们就很难否认的确存在着这样一种经济规律。尽管这道理看似简单浅显，但大家倘能驾轻就熟地掌握它，却足以从中获得很大的受用。这是因为：大凡具有强烈精神追求的人，都决不会从低层的需要中获得长久的满足（否则坡翁又会嫌这是"酒食地狱"了），故一旦他因心不在焉而"吃什么都一个味儿"的时候，就蛮可以借"差不多"的"模糊经济逻辑"把自己所付的消费成本及时地降下来；而更加重要的是，一旦能有此心念之转，他也就不再会为着贪图物质享受而"单向度"地异化成那种一心奔钱的人了！当然，这样讲并非意味着我认定了——只要读书就非得读成书呆子不可，就不应再心存把人生的各个方面都点化为艺术的念头。不过，人生之路毕竟很像一条长长的平衡木，故只有足以不偏不倚地随时抓住那个"过犹不及"的中庸之度的人，才真正算得上是具有人生的智慧。正因此照我看来，从古到今或许只有孔子的人格才是最完满厚实的，因为他既可以坦然地"食无求饱，居无求安"，又很会讲究"食不厌精，脍不厌细"，总之只要求外物为自己所用，而决不会让自身为外物所累，该是何等的"毋必毋固"、灵轻洒脱！但可惜的是，"中庸之为德也，其至矣乎！民鲜久矣"：古往今来果能在健全的物质消费方面得夫子真传者，又有几人？恐怕大多数俗儒还是从这根平衡木上掉下去了吧？有的人一旦选择以治学为业，便误以为从此便不啻出了家，干脆不再心存享受人生之念，只敢活得惨兮兮的，还颇以"不食人间烟火"为荣；而正是以这样一种愚蠢的念头为前提，又有更多的人抛弃了学术生涯，索性自暴自弃焚琴煮鹤地玩物丧志起来——真可以说是两极相通极了！其实，渴望享受人生这念头本身并没有什么错，因为人生对任何人来说都只有一次，即使做了大学者也不例外，也照样应当热爱生活；但可笑的是，人们却往往觉得只有放弃（而不是加紧）精神追求才能做到这一点，所以于此一念之差中，便为了愈来愈多地占有身外之物而忙得死去活来，到头来只落了个"穷得只剩下钱"的下场。我相信，讲出这种时髦话的人绝不是以故意慨叹的形式来说嘴，因为既然他们活得那么紧张那么累，顶多也就是在生意场消歇时再胡乱找补点儿强刺激来放松一下罢了，哪还有闲情和能力来品味人生！

再次，倘若前述的道理大致不差，即任何一种商品或者服务的最优性价比只能随消费主体的境遇而不断浮动，我们就又可以据此做更进一步的推论：除非你落生在英国王室里，则一般来说在你人生的整个旅途之中，越是过早地追求由简入奢，就必然要支付过高的消费成本。或者我们还可以换一套经济学术语来表达这个规律：你越是在自己的"原始积累阶段"追求过高的福利分红，就势必要过少地替自己的未来投资，从而也就势必要使自己在今后的人力市场上趋于贬值。试举目前的学术界的现状为例：人们长期以来一直为它的后继无人而惊呼不已，这当然绝非杞忧。不过，我以为还应补充一点：其实这种困境并非只是由外在条件所派生的，而更是由许多读书人的浮躁心态所促成的，因为目前毕竟不是过去那种"华北之大安不下一张书桌"的战乱年代，让我们发愁的并不是案头无书可读，而是拼命读都读不完，所以只要大家方寸不乱，本来是并不难稳步获得知识增长的。但可惜的是，外面的花花世界似乎是太精彩、太叫年轻人无奈了，诱惑得他们很难熬过所谓"十年寒窗"的必要潜伏期，很难坐热这个冷板凳，从心灵深处投不起准备当一个学者的资！这样一来，久而久之就造成了下述令人扼腕的反差：以前是隔不多久就会有一个新的学术梯队崭露头角，甚至刚刚冒尖儿的后生便很快又会赞叹起"后生可畏"来；可现在倒好，虽说学术刊物越办越多，可弄来弄去却总嫌"粥多僧少"，瞧这意思仿佛是非要把为数不多的尚且坚持在研究第一线的学者累死五丈原不可！正因为这样，我借此机会就很想透露给年轻朋友们一个真实的信息：其实眼下的态势并不是"中国之大竟容不下几个读书做学问的人"，而是学术界已经非常畸形地出现了结构性失业——既有大量的新课题亟待研究，又有许多知识陈旧之辈根本不会研究；所以现在你若是下决心为自己选择学术生涯的话，到头来准会发现它其实并没有人们普遍嚷嚷得那么可怕！当然，干什么事你都必须持之以恒，甚至有时候必须咬紧牙关挺住。记得以前在浙大教书时，我曾久久地注目过西湖边的一片水杉，深深地为其桅杆般的造型而感动——你看：它们长出的树叶是那么小，伸出的枝条是那么短，绝少旁骛地高指云天，去尽力领受最多的阳光……所以，尽管这些年来我曾经遭遇过"妻离而子未散"的打击，曾经因为连一间书房都没有而受尽了女房东们的气，但你若是问我为何挺住了腰杆，也无非就是时常默念着"树犹如此、树犹如此"而已！

当然，告诉大家中国的学术事业正急需新的梯队，决不意味着我是在物质享受方面向年轻后学们开出了空头支票，正像我本人就从来不曾对此抱有奢望一样。实际上，纵观整个的世界文明史，恐怕中国古代士大夫们的生活方式只能算是一种不尽合理的例外；所以只要我们不再保留过去读书人的心理定式，不再从观念深处非把读书和做官联系起来不可，就没有多少权利再贪婪地指望在书中会自有这、自有那地一应俱全！如今即使你在发达国家谋得了一个教席，其收入水平也在整个社会只能属于"中下等"而已，绝发不了什么横财的。话说到这里，或许读者们不禁要问：既是如此，那么为什么在人家那里就没有出现学术队伍日渐稀落的悲惨局面呢？为了解开这个疑团，看来我在最后又得再发挥发挥"消费主体经济学"的理论了。再借来一套常见的经济学术语吧：其实所谓日益"绝对贫困化"的现象，在现代社会早已是天方夜谭了，所以贫困或富有如今越来越只有相对的意义。那么，是否仅仅依靠客观的统计数字就足以判定相对贫困化的程度呢？按照某些经济学家的公式无疑是这样，可是根据我前述的逻辑，事情就远没有这般简单——因为既然这种贫困化只是相对的，则它就必须相对于主体而言，就必须参照着消费者本人的内心感受而定。或者我们干脆再把话说得更直露一些吧：谁最爱把眼睛死死盯住别家的饭碗，他才会对自己是否"相对贫困化"最为敏感！由此出发，我们就不难理解为什么在人家那里总还是有人专心治学了：大约这类人一方面对物质要求不太在意，只觉得在这方面能有个"差不多"就行了，另一方面又对精神要求非常敏感，非要更多地发挥自身的潜能和实现自己的价值不可！想到这一层，或许大家就会对"学者固穷"这件事淡然处之了。天下的事情总是要有所不为方能有所为的：你既然比常人享有了更多的创造性劳动的时间，享用了更多的高雅精神产品，就别再惦记着在物质享受方面也要比那些专心奔钱的人还更优越了吧——哪有把天下的便宜全都占尽的呢？

关于中国教育现状的通信

刘东老师：

　　我是来自湖南省的一位 19 岁的高中生。读了您那篇《"差不多"中的道理》以后，觉得其中关于"治学术，做学者"的那段文字，对我启发很大。我想跟您聊聊天，谈谈我的一些感想。

　　您在那段文字中曾说："中国学术事业正急需新的梯队。"这说明目前有志于做学问的青年已经大大减少了。我由此想到了我们这一辈青年人。我们正读高三，人人都在为迎接高考而拼命地读。但是，大家压根儿就没有想到国家建设。每个人都只有一个信念：考个好大学，学门好专业，往后好不愁吃，不愁穿。基于这种信念，所以就大量地做练习题，实行"题海战"，以图提高考试分数。因此，我们这些青年人治的都是考试学问，而不是真学问。

　　譬如，如果我向我的哪位同学提出一个社会问题，想听听他的个人看法，他准会这样回答我："你这个问题要分三点来回答，一是……二是……三是……然后总结得出……的观点。"回答完以后，他一定还会得意洋洋地反问我："你有标准答案吗？和我的回答一样吗？"平时，政治课老师训练我们答题时，对我们就是这样要求的。我们的回答完全是在背诵教科书中的词句章节，是彻头彻尾的机械记忆，没有一点儿个人的见解。我心中常常感慨万千：难道，今后国家建设的栋梁就是这样培养出来的吗？我们这些同学现在都已被训练得一天到晚死读书，记观点，背要点，毫无独立见解。这样的读书实在与科举时代的读书无异。若是把政治、历史都这样来学，我们怎么会成为学术界的后备力量呢？

我经常被同学们称为"怪人"。因为，我经常流露出忧国忧民的思想，喜欢谈许多国家大事。同学们说我好高骛远，不能面对现实。但我认为，像那样学习，确实是没有用啊！

可我被迫要跟他们一样去学习。我1994年参加高考，由于考分不够，未能考上大学，只好今年从头再来。因为摆在我面前的只有这一条路，否则我就不能继续自己所崇尚的学业了。

正因为这样，我现在出于极矛盾的状态：一方面想学点真学问，深入地钻研我感兴趣的学科；另一方面，我又不得不做应试学问，勉为其难地应付高考，要是这一关不能通过，我的希望就只能破灭了。

刘老师，您是哲学博士，所以我很想问您一句：您在读高中的时候也是这样死记硬背的吗？但无论如何，按照我的理想，我是更向往我国宋朝书院的那种学习生活。许多志同道合的人们能在一起相互切磋探讨学术问题，该多么令人快乐啊！可是现在在我身边却没有人愿意和我讨论那些事情，他们只会说："高考又不考这些东西，你何必管那么多！"

我的求知欲望得不到满足，心中产生了许多问题，却不仅无人可以请教，反而招来了不少非议。我只好默默地这样念着："天将降大任于斯人也，必先苦其心志……"

拜名师，向他们请求指点，是治学的一种重要方法。明代的宋濂、现代的毛泽东，在其青年时代都是"从乡之先达，执经叩问"的。我也多么希望能和他们一样得到名师的教诲啊！

今天，我看了您的文章，便给您写了这封信。您能否对我的治学方向加以指点呢？

　　祝

　好！

　　　　　　　　　　　　　　　　　　黄慧

　　　　　　　　　　　　　　　1995 年 3 月 1 日

黄慧：你好！

　　今天到外文所去，收到了不少读者来信，都是我最近发表在《中国青年报》上的那个"劝学新篇"招惹来的。别的信都可以晚回，或者干脆免回，特别是那些闻着味儿又寄来的稿约，更叫人不敢恋战。但唯有你寄来的这封快信——抱歉的是：由于我不常到所里去，所以多快的邮件也只能当平信来收——使我看罢直替你着急，生怕你又因为一念之差而耽误了学业，故而刚奔回家就赶紧打开电脑回复。当然，我这么笨嘴拙舌的，决未指望只靠寥寥数笔就能使你心胸顿开。不过，作为一匹已经走过来的识途老马，也许我总还算有资格跟你一起来检讨一番中国目前的教育体制，并琢磨一下大家在人生的各个阶段应以怎样的手段对付它吧。

　　你在来信中说，由于你不满于现行中学教育的课程设置和教学方法，而被同学们看作是一个"怪人"。其实照我看来，你这种念头一点儿都不怪，倒是那些真心能安于现行教育体制之不合理安排的人，才显得非常奇怪，简直令人无法思议。事实上，只要一个人还稍有点儿思考能力，他（她）就不难发现：尽管大家已经一再批评过这种"片面追求升学率"的教育体制，但它不仅没有显出多少应有的改进，反有愈演愈糟之势。不瞒你说，就连早已拿到了所谓"最高学历"的我本人，一回想起拼得比战场还要惨烈的考场来，都难免还有点儿心存余悸。所以，我对于你眼下的处境就很容易理解，也非常之同情。

在你目前的境遇中，可以十分典型地看出当前教育体制的某些重大弊端。首先，我从你的来信中了解到，你曾经是一位高考落榜生，因此可想而知，你一定在心灵深处遭受过重创，而且恐怕迄今为止也仍未从这种阴影中彻底摆脱出来。这的确是再糟糕没有的一件事了！有人曾经把我国的教育现状形象地比喻为"千军万马过独木桥"的滑稽局面，也就是说，不管现有的高等学校能够容纳多少学生，我们的中等甚至初等教育的目标却都仅仅在于向它提供考生的生源。咱们且不说这种把全体学生堆成一个金字塔，然后再由发达国家轻而易举地将其小小塔尖儿削走的情况会对中国造成多少人才流失了，单就那些不得不被堵在独木桥这边的为数更多的孩子而言，这种教育体制又会造成多大的心理摧残和投资浪费！学生们在中学毕业的时候，为什么不应该首先庆祝自己已经（千辛万苦地）完成了一个阶段的学业呢？为什么非要把能否升入高校当作判定自己是否成功地接受了中等教育的唯一标准呢？按照常情，这本应是一番不言而喻的道理。但可惜的是，在现有的教育体制以及由此而导致的普遍社会心理之下，我们的中等教育就不可能具备其相对自足的存在理由，它所培育的幼苗，不过是一茬茬有待高校招生组来收割采摘的庄稼而已；由此，只要一个孩子没能考入大学，便意味着就连他（她）所受到的中等教育也是失败的。从这个意义上讲，现行教育体制就只不过是一种必然要制造和牺牲许多废品的机器人工厂。它不仅是低效率的，也是不符合人性的，因为一种真正以人为目的的教育体制，决不允许把任何一位受教育者简单地淘汰掉，决不应该把孩子们到这里受教育的基本权利，糟蹋成使他们有可能仅仅在此受到嘲弄的可怕义务！

另外，从你的来信中我还了解到，你目前正处在非常矛盾的境地：既为了再跳龙门而不得不勉为其难地重做考试学问，又不甘心忍受高考补习班中盛行的"题海战"，觉得这种毫无主观见解的机械记忆"实与科举时代的读书无异"。尽管也许你对过去历史上的科举制了解得还不够全面，但我觉得你还是看出了现存问题的一些症结，至少比你讲的那位能把标准答案中的"一、二、三……"背得滚瓜烂熟的同学更善于动脑筋。其实，早在好多年以前，当我参加浙大和南大招生组的工作时，就曾对高考这个唯一目标给我们的初等和中等教育带来的种种负面影响，有过很痛切的体会了。非常可笑的是，由于我当时是代表名牌大学来挑选考生的，故而即使是在教育水平普遍比较高的城市（如南京），也只需到列在排行榜前几位的中学走一遭就足够了，因为从小学便已开始的一次次严格筛选，早就把能在科场上赢得高分的学生聚拢到一起了，而其他中学只不过是虚与委蛇地"放放鸭子"而已。我觉得，这种确实有点像科举制之层层选拔的重点小学、重点中学制，其弊病实在是太大了！它迫使孩子们从小就忧心忡忡的，拼着性命去过关斩将，不得不牺牲了必要的课外活动时间，丧失了应有的童心，而变成了小老头和小老太婆。在人的一生中，儿童与少年时代该是多么值得留恋的黄金岁月啊！它为什么不应该具备其自身的意义呢？为什么命中注定只是一个等着长大变老的过渡阶段呢？所以从根本上说，现行的这种过早引入了竞争压力的教育体制，距离人性的要求还相差很远。让我们设想一下：假如没有这种糟糕的制度，而允许孩子们无论成绩好坏都随机地分布在各个学校中，则我们有多少所学校就会有多少名"全校第一"的好学生、有多少个班级就会有多少名"全班第一"的好学生！这样一来，孩子们的自信心会受到多么普遍的滋养，而那些成绩较好的学生又会带动多少同学一起上进！可现在倒好：一方面，在那些重点学校中，不少本来成绩很好的孩子，也会在新一轮的竞争中掉到队尾，从而被弄得垂头丧气；另一方面，在那些非重点学校中，更多的成绩本来有可能变好的孩子，又由于心中的希望已过早地泯灭，而索性破罐破摔起来！你一定知道，爱因斯坦是开智很晚的，到八岁时都还不大会说话，由此我们就不难想象，如果他来咱们国家上学，就很难成长为一位大科学家，相反倒有可能沦为"社会的弃儿"。这该是全人类的多大损失啊！

你的来信还反映出了当前教育体制的另一缺失：我们的中学为了帮助学生们闯过人生的最大关口，不得不从高中阶段起就针对高考的科目而区分为文科班和理科班。这又是一件无论如何都讲不过去的事！众所周知：中学课本所传授的内容，只不过是一些最简单最基本的常识，无论受教育者将来从事什么职业，都必须掌握它；而如果我们的教育体制竟在孩子们仍在打基础的时候就使其精神视野留下了不应有的盲点，则他们此后的知识领域就只能被越逼越窄，将来无论如何也难成大器！一个人的学问正像大海里的冰山，能够显露出来的总是很小的一个尖儿，而更大的底座则必须潜藏于水面之下；正因为这样，马一浮先生以前才为浙大写过这样的校训——"大不自多，海纳江河，惟学无际，际于天地……"劝诫青年要无止境地加深和拓宽自身的学养。其实，这种博大的知识结构在老辈学长那里原是堪称通例的。你一定知道，许多后来以其文科成就名世的学者，如严复、鲁迅，当初本是修习工科、医科的；但反过来也许你还不知道，许多后来以其理科成就著称的学者，如李四光、丁文江，早先也曾写过很重要的文科论文呢！所以我们就不难想象：这些学者最终为自己选定的专攻方向，都是他们在反复试探之后才寻觅到的最符合自己的才能与兴趣，同时也最符合社会之急需的道路；而且恰因乎此，这条道路才会是他们独特的成才之路！但令人遗憾的是，由于现行教育体制的限制，在我们的下一代面前看来已很少展现这种自由发展智力的应有空间了。且不说孩子们究竟应该学理还是学文，在大多数场合下都是由老师和家长越俎代庖地强行规定的——即便这种抉择是由孩子自己做出的，那么在他们根本还不具备择业的知识水准、思考能力和人生阅历的情况下，谁又能保证这种选择不是盲目的呢？所以，现行的让孩子们在其高中阶段便孤注一掷地定下终生治学方向的文理分班制，由于它硬性地压抑和闭锁了受教育者的精神潜能，就既不符合人性的基本要求，也不符合人才学的基本规律，无论从什么角度讲都是有害的。

而进一步讲，在这种糟糕的文理分班制中，你目前所进入的文科班无疑又比理科班更叫人受不了，大概这正是你那么讨厌"一天到晚死读书，记观点，背要点"的主要缘由。本来，在打基础的学习阶段，总难免碰上一些需要努力记住的东西，对它们除了机械记忆之外，更无任何讨巧的良方，所以我们也许并不应当一味地反对死记硬背。可眼下问题的要害却在于：只要翻一下目前通行的中学课本就不难看出，相对于它所传授的理科知识而言，它所灌输的那些文科内容似乎更没有强求记诵的必要，否则孩子们就只会留下这样一种印象——文科只是枯燥至极乏味透顶的教条！其实，只要你这一次能够如愿以偿地升入高等学府，马上就会发现：除掉必备的语文训练之外，你在中学里修习的文科课程大都跟大学教程衔接不上，因此我们不妨说，大学里的理科教师（无论其学问多么高深），只需加深你们在中学里学到的知识就可以了，而大学里的文科教师（只要他具备起码的资格），却必须首先破除你们在中学里习得的成见！其所以形成了这种显示出尖锐反讽的局面，当然有各种各样的原因，比如中学里文科师资的短缺断档，文科教材的陈旧滞后等等，但究其要点，则恐怕还是由文科知识本身之非确定性的性质所决定的。大哲学家黑格尔在当了多年的中学校长之后，曾在教育规律方面说出过一句至理名言——企图在中学阶段就让孩子们修习哲学，乃是一桩最最吃力不讨好的事，由此我们就不难想见，倘若要求我们的中学教师去完成连黑格尔都嫌棘手的任务，那实在是太强他们所难了！照我看来，这些老师真正应当做到的，只是先帮大家培养一点儿体会和思考人生的初步兴趣和习惯，而不是在许多其结论永远开放的问题上向幼稚的心灵灌输太多的标准答案，否则，就会致命地扼杀孩子们在这方面的求知愿望，使之把强记下来的教义当成只要进了大学便不妨扔掉的敲门砖。毫无疑问，正是因了这一层缘故，许多从中学阶段的验收标准来看似乎是成功者的考生，才在其受大学教育时又经常表现为失败者——他们尽管可以在考场上拿到高分，却根本缺乏提出问题的能力，更谈不上为了试图解决这些问题而食不甘味，从而确立真正以此来安身立命的专业思想了！要知道，天底下的任何一门学问，只要你能对它登堂入室，既学又问，都会感到兴味盎然的；而文科方面的真正学识，不单不像你们在中学里所背诵的那样无聊，还会因其与人生贴得特别紧密，尤其容易使研究者投入进来。所以你就不难想象，要不是中学阶段的死记硬背大大败坏了学生们对文科的胃口，那么在每年毕竟还是有许多孩子闯过了这座独木桥的情况下，我这位文科研究的从业者哪还有必要撰文惊呼"学术事业正急需新的梯队"呢？

好了，若要尽情地挑现行教育体制的毛病，只怕这封信还得无休止地继续下去，但为了不使你在对它的强烈抵触情绪下更难调整好自己的临考状态，我眼下却只能把笔锋转到问题的另一个侧面了。我想，等你将来修习过更多的文科知识以后，就会明白这样一个道理：其实在短短几千年的文明进程中，人类的本性是并没有多少变易的，他们只不过是在不停改进着足以反映和调整彼此关系的制度，以便发挥和规范自身的特性而已；所以，一部世界文明史，也正是一部制度演生史，正是人们创建和更迭他们所遵从之规则的历史。由此我们就理应想到：一方面，制度是永远会出毛病、永远有待于创新的，否则人们还有什么必要代代相传地思考人生的难题呢？文科这门学问还有什么存在的理由呢？但另一方面，制度却又比任何其他东西都更能反映文明的成就，它是维持一个人类生活共同体的存在、并保障其发展的最基本要素，是我们生活中须臾不可缺乏的准则。缘此，我想你就理应接受这样一种看法：一个头脑健全的人，既不应当把一切现行的制度都看成不可更改的天条，不再对它们的缺点心存警惕，也无必要一旦发现它们还有这样那样的弊端，就因噎废食地对其持全盘拒绝或逃避的态度；相反，他（她）应当清醒地意识到自己在文明进程中的历史性，在遵守一种特定游戏规则的前提下再逐步试探着去"维新变法"。或许上面这段话太抽象了，故为了帮助你理解，我们还可以说得更具体一点儿。就举你在信中批评过的科举制为例吧：的确不错，若依我们现在的标准来看，它曾经暴露出过相当大的毛病，把读书人的眼界圈闭在一个很小的范围之内，造成了许多范进式的喜剧，甚至孔乙己式的悲剧；可若从历史的角度来看，它在甄选人才的问题上却又无疑展示过巨大的革命性，使许多出身寒微的学子得以脱颖而出，比以往的世袭制或荐举制要公平得多，也有效得多。你在信中曾提到历史上开科取士最多的宋代，所以我劝你不妨接着回忆一下：赵宋王朝的一代名臣，如范仲淹、欧阳修、王安石、苏轼等等，直到"留取丹心照汗青"的文天祥，他们都是从什么途径走上历史舞台的呢？所以你看，科举及第者也并非悉数都是呆子吧？

也正由于制度是在不断更进的，所以某种被后人引以为苦的文化规则，就有可能恰恰是被其前辈引以为幸的东西。对这一点我本人曾有过最切身的体验，因为当我像你这么大时，仅仅由于家父曾被错划为"右派"，就被连累得根本没有机缘再接受高等教育，而只能眼巴巴地看着一些所谓"根红苗壮"的同龄人被保送去当工农兵学员。（那才是一种由世袭制和荐举制"近亲繁殖"出来的怪胎呢！）由此，也许你们现在都很难想象了：当我们这些所谓"可以教育好的子女"（其潜台词是：我们"生就属于低劣下贱的种姓"）听说自己也已蒙准和别人在考场上平起平坐时，内心中曾充满了何等的解放感！从这个意义上讲，不管现行的高考制度还存在多少缺失，你也应该承认，它在向全体青年提供一条整齐划一的起跑线方面，总还算相对公平的，因为你目前所需要记诵的东西，无论它多么枯燥乏味，都没有任何人能得以幸免。由此我们不妨说：现在的高考考场，至少还不失为一个智力竞赛的场所，足以检测一下学生们临考前的强记能力，以及一定程度上的临场发挥能力；既是如此，你又何妨权且走它一遭，再和同学们玩一回智力游戏呢？你兴许会抗议道，我刚才所讲的，简直像是荒诞不经的玩笑话。好吧，我不仅愿意承认这一点，还想要接着再对你讲——由于古往今来的任何一种制度安排都有不尽合理之处，都在跟人们开着或大或小的玩笑，所以只要一个人的智力还够用，他就理应也反过来幽一幽制度的默，以便在朗朗的笑声中化解它和自己本心间的激烈冲突！在这方面，既然你如此称赏宋代的教育，我就再给你讲个当时发生于考官和考生间的有趣佳话吧。据杨万里的《诚斋诗话》和陆游的《老学庵笔记》载，苏轼当年在科场应试时，被命题来作《刑赏忠厚之至论》（你一定觉得它乏味无比吧）。而他为了更有力地论证这个正统的论点，遂信手编造了一个史料——"皋陶曰'杀之三'，尧曰'宥之三'"，弄得连博学的主考官欧阳修都不知其所本，只得在放苏轼金榜题名之后才向他讨教，此语究竟出自何典？可万没想到，这个看来是"骗得了"功名的门生，竟坦言直陈——"何需出处？"招认自己不过是凭着学理"想当然尔"！而那位恩师也非但没有暗呼上当，反倒"赏其豪迈"，并称道"此人可谓善读书，善用书，他日文章必独步天下"！由此可见，真正高妙的心智是从不缺幽默感的，只需彼此会心地一笑，便足以显出——僵硬的科场制度非但未使其备受囿禁，反倒给了他们一个崭露过人才华的机缘呢！

当然，你可千万不要忘了，更能显出人生智慧的地方，毕竟还不在于一个人能否把试题玩于股掌之上，而在于当他（她）从科场走出之后，有没有闲情余力再朝身后狠吐一口唾沫，嘲笑那些出得太臭的考题，也笑笑自己为了获得进一步发展智力的机会，竟连这种臭题也必须恭敬如仪地解答！只有那些既能闯过考场而又打心眼儿里瞧不起考场的人，而不是那些轻飘飘地"春风得意马蹄疾"的人，才会念念不忘自己争取深造资格的主要目的，原在于汲取更多的知识，想通更多的问题，以图逐步改进不尽合理的现行制度，别让它再把后来者也害得这般苦。在这方面，我是非常赞赏你那"忧国忧民"的拳拳之心的，所以我相信，等你将来果然成为栋梁之材的时候，就有可能挺直身板去支撑压向我们民族肩头的空前沉重！令人惊讶的是，尽管中国正在和将要面临的危机已是数不胜数了，但在所有这些困难之中，却只有我们刚刚讨论过的"教育的失策"，才将是最难以弥补的，也才会反过来使全社会受到最严酷的报复！正因此，我和同侪们不仅常常为之忧思难忘夜不成寐，还一再地试探着创办一所稷下大学的可能性，以期恢复你所向往的那种"学在民间"的宋代书院式的自由讲学传统。而现在，既然你对现行的教育体制怀有那么多的疑问，既然我们刚刚探讨了那么多的相关问题，我就更寄望于你能把心中忧国忧民的焦虑落到实处，利用自己日益增长的学识来应对改革进程中的最大当务之急。不管怎么说，中国如果

要赢得未来，它就必须首先教育出更多心智全面发展、保持终极
关怀的英才，而并非单纯制造出一些胸襟褊狭的技术型专家——
此念此志，愿你以及更多的青年朋友们能引以共勉！

遥祝

成功！

刘东

1995 年 3 月 18 日

可怕的《泰坦尼克》

一

进口大片惹起的种种话题，有时候还真叫人难以启齿。

并不是有谁自命清高，而实在是因为一说就俗，——话音儿简直还未敢掉到地上，你就已经开始疑心，怕又中了人家的奸计！这类商业算盘的精明与可恶之处，在于早已把所有的嫌好道歹，甚至把所有的批评痛斥，都预计成了可供笑纳的广告效应——反正它既未奢望流芳百世，也绝对不会遗臭万年，而只要能凑出足够的热闹，暂时盘踞在公众的焦点，赶在同行推展新货之前，实现尽量多的票房价值，就足可算得上功德圆满了。由此一来，这种"笑骂由你笑骂、好钱我自赚之"的软性暴力，就往往比直接喝令"闭嘴"的硬性管制更难对付，它根本不必威逼你装聋作哑，就迫使你不得不自甘失语了，何况后者总还能给你几分悲壮，而前者却只能教你自惭可笑。

正是受上述尴尬的提弄，我才很对不住电视台的朋友。尽管人家老早打电话过来，挑明了要给我这份"言论自由"，专去对电影《泰坦尼克》"说不"，老同学汪晖还从旁晓以大义，力劝我"该出手时就出手"，我终于还是敬谢不敏了。当然你得承认，身为影视界的从业者，而能主动想到去替好莱坞败败火，其文化品味确乎不俗。可摊到这种要命的话题，却也不得不防，等你的发言被掐头去尾地播出之后，仍有可能属于某种特殊的叫卖声，不光直接地在为收视率出力，还间接地在替上座率效命。

幸而，不管多么如鲠在喉地憋着，也不管流行的文化暴力多么软硬兼施，都未曾碍及内心的自主思考。所以每逢看到追星族的狂热之举，我至少还能在书房里默默念叨几声：像这般举国上下地顶礼膜拜一条倒霉的沉船，决非什么吉利祯祥之兆……而现在，趁着对《泰坦尼克》的热度似已稍退，不再有枉替人家造势之嫌，我总算是等到了发笔的时机，可以跟总还愿读点什么的朋友一道，来平心讨论这部典型的好莱坞文本了。当然等读罢以后，大家也许会发现，讲几句诸如此类的不同意见，原是既无需多少眼光、也不要多大勇气的。——所以老实说，要不是那帮靠"说不"发迹的炒家，此番竟如此耐得住寂寞，我还真不想多这个嘴！

二

只要能稍稍沉静下来，潜心到历史的情境中，本不难寻思那次海难的真实意义。

在我们生活的年代，仗着对大自然的持续开发，出外旅行已变得安全多了，似乎车船之祸只是偶发的例外。可另一方面，社会心理的吊诡之处却在于，也正由于充满奇遇的探险，早已让位给了平淡的定点航运，交通事故反成了最惯常的经验。只要还没有轮到自己头上，人们就会以平静而麻木的心态，甚至以精确而冷酷的概率，把不绝于耳的空难海难，统统视作享受交通便利的必付代价。现代人的这种反讽状态，可以从下述言行差距中略见一斑——尽管在跟汤因比的《对话》中，池田大作曾把汽车说成"奔跑的棺材"，但这却从未妨碍他驾着这种"凶器"四处奔走，更未阻止其同胞弄得"有路就有丰田车"。

那么试问：既然共处在这种无奈的语境下，为什么唯有泰坦尼克号事件，偏能在历经近百年的磨洗之后，仍然活跃于普遍的记忆之中，不断刺激着人们的神经呢？——难道仅仅因为那次灾难后果特别严重（或者受难者特别显赫）么？难道挑战者号没有刚刚当着全世界的面惨烈陨落么？难道美国财长没有刚刚乘着总统座机撞山身亡么？

由此就不难联想到：人们之所以总在为泰坦尼克号嘘唏不已，也许是因为唯有这一回，他们的心灵无法受到统计概率的抚慰。——这艘由许多密封舱来重重保险的巨轮，几乎从其设计的一开始，就被彻底排除到了海难的可能性之外；而这样一来，整整一船对于技术进步的自吹自擂，便跟它刚一起锚便葬身海底的凄惨下场，构成了最富于戏剧效果最令人难忘的落差！人们不能不恨恨地一再嗟叹：造船者实在是太狂傲自负了，不仅敢公开宣传这艘船"永不沉没"，还敢私下里当真不带够救生设施；驾船者也实在太有恃无恐了，不管其他船只如何从旁示警，仍敢无所顾忌地全速驶向险境；乘船者更是太偏信盲从了，一旦把命运信托给了某种许诺，就只愿一晌贪欢地陶醉其中，再不管舱外的环境是否已危如累卵……

毫无疑问，在我们身后的真实历史文本中，真正构成泰坦尼克号悲剧之核心冲突的，只能是这种曾经不可一世的技术神话，以及这群曾经贸然以身相许的脆弱生灵。从而，这出悲剧之最具启示性的要点，也正在于它以惨痛的音调警醒着后人：在这个一味声称"知识就是力量"的技术社会中，现代人恐怕是太迷信自身的创化魔力、太把主体当成万物主宰了！讽刺的是，泰坦尼克（Titanic）这个名称，其希腊词根正是所谓提坦（Titan），亦即人类根据自身形象幻想出来的巨人；由此就不难想象，不管有没有自觉意识到，当人们以此来命名自己的技术杰作时，其志得意满之情都曾那样地溢于言表——这群半人半神的万物灵长，竟把自己吹胀得那样高大，简直已从被造变成了造物！

也只有作如是解，这出历史悲剧才有可能显出其本真的含义，才有可能从无可挽回的生命财产损失，转变成为不可多得的精神财富。作为一块血字的路碑，它理应向行人昭示这样的警语：永远不要失去对自然造化和未知领域的敬畏之心，永远不要把科学的知性思维吹嘘成现代迷信，永远不要放纵人本主义所包蕴的浅陋乐观与僭妄；恰恰相反，时刻要以保留的态度来审视技术社会的成就，时刻要以理智的眼光来省察现有认识的局限，时刻要以审慎的疑虑来节制自己驾驭世界的雄心。——如若不然，还像过去那般一味地让头脑发热，只顾自我感动地"喝令三山五岳开道"，泰坦尼克号上的冤魂就白替后人牺牲了，就会从幽暗的海底朝我们日夜号哭！

三

只要能遵循正常的良知，上述解答便注定是情理中事。然而，一旦进入好莱坞的商业逻辑，就不得不沿另一条思路来考虑问题了。即使没有《记住当晚》或《冰海沉船》等作品问世在前，迫使《泰坦尼克》非要另辟蹊径不可，投资者也必得请编导者先算计清楚：会不会有空前众多的观众愿来重温这出悲剧，从而有把握收回空前数额的制作赌注？恐怕正是出于这种非关艺术的忧虑，他们才会在原本是灾难片的题材上，强行嫁接出爱情片的情节来，以便冲淡或转移那挥之不去的悲情。非但如此，摸透了市场行情的制片人还得进一步要求，必须对故事枝蔓再作合情却不合理的修剪——由于软心的好莱坞观众永远都在祈求大团圆，所以即使这次为了起码的可信度，不得不让男主角杰克破例死去，也必得让他先淡出得如诗如画，再让他闪回得如幻如梦，俨如一次万众欢腾的英雄凯旋，以便投合观众们顽冥不化的心理定式……

我完全能够体会到编剧者的这番苦心，甚至还愿意公平地承认，除了露丝上来就要跳船的突兀念头之外，这故事总还算编得相当工整。不过，如果广告词愣要吹嘘说，它竟能跟《罗密欧和朱丽叶》同日而语，我仍觉得那是天大的亵渎！人家莎翁的剧情设计何等的出人意表、何等的具有艺术穿透力？——即使在一出喜剧作品中，他也要安排两位家有世仇的青年，以一见钟情的方式来不期然地酿就大祸，准此以绝对超出常情的极限对比，来凸显纯挚爱情之超功利的底蕴，且在无与伦比地展示了此中的美好之后，又不惜以男女主角的最终双双蒙难，来赎取人类普遍情感的理性和解。而相形之下，尽管在刻意模仿莎翁的笔法，甚至还同样抄来了超功利的恋爱背景，《泰坦尼克》的剧情仍编得那般机械和拙劣。在捞取票房价值的沉重压力下，它居然不去担忧作者太无想象力，反显得似乎生怕观众稍有想象力——为了让杰克和露丝爱得合情合理，它不光干干净净地剥夺了霍利的所有内在优点，还实实在在地最终剥夺了他的财产和生命，以免人们对原先的门当户对生出任何惋惜，感到有理由不赞成第三者的闯入！

只是在如此周密的编织之后，制片人才觉得可以放手运作市场，让观众来惊喜地邂逅这对金童玉女了。这也许不能算是成心的愚弄：既然大多数人花钱坐到银幕前，绝不是想要来感受心灵的震撼，更不是想来洞悉自身的局限，而只想从中获得最明确的暗示，好顾影自怜地自我热爱一番，那么好莱坞这家著名的造梦工厂，就必须满足这种浅陋的消费需求，向他们演示唯独伟大人类才配享有的千篇一律的爱情。——反吊托尔斯泰那个著名的句式：恰所谓"不幸的情爱各有各的不幸，而幸福的爱情全都相似"，以至于不落俗套就不足以确保甜腻。在这个意义上，作为影院主顾的追星族们，实不过是像水仙花一样追求着自己的投影，而那帮享受着狂热崇拜的明星偶像，亦无非是人们经过化妆整容的自画像而已。再借一个目前最令国有企业谈虎色变的术语：电影业一向是最可怜巴巴的和最赤裸裸的买方市场，而且越是高成本故而要求高回报的所谓巨片，就越会在激烈的市场竞争中毫无顾忌地牺牲艺术——如此而已，岂有它哉？

然而从美学原则本身出发，如此媚俗惑众地胡编乱造，毕竟是要付出代价的。依我看来，这部如此不惜重金想要还原泰坦尼克号的影片，在艺术水准上遭到的沉重报复依次在于：首先，一旦对该事件的原有主题进行了悄悄的偷换，整艘豪华巨轮也就随之仅仅成为某次正确爱情的发生舞台，甚至就连它的急剧下沉也只意味着对于热恋过程的无意催化；其次，由于男女主角站在前台抢走了全部的重头戏，芸芸众生的性命与下落就显得无关紧要了，而顶多也只是他们增进情感的铺垫，不管最终能否获得运命的拯救，都只被用来陪衬主角间的相互牺牲；再次，既然全部悬念都被误导于那对金玉良缘，曾经如此慈悲和不忍的观众也就不觉失去了恻隐之心，只要杰克尚留在船头展示他的痴情，他们就毫不在意其他蝼蚁从甲板上纷纷滑落，只要露丝尚能被她的英雄最终救赎，他们就忽略不计到底在海面漂着多少浮尸；复次，到头来事与愿违的是，这部据说在细节上精确得一丝不苟的影片，至多也只拍摄到了泰坦尼克号的形似，而不单未曾触及那次海难的真实意义，还使这个历史文本的自身结构也横遭破坏，大大消解了这出悲剧对于人类心灵的应有冲击……

此刻再来回想曾在终场化狭小私情为宽广泛爱的莎翁剧作，其间的差距岂可以道里计之？

四

然而问题还远没有结束——毋宁说，真正严重的问题才刚刚开始。

实际上，上述作为常见俗套的小小噱头，尽管也许可以蒙骗少男少女于一时，却绝难逃过大多数成年观众的法眼。而《泰坦尼克》在几乎囊括所有次要奖项的同时，却唯独得不到奥斯卡最佳编剧奖和最佳男女主角奖，也足以说明这类罐装的爱情片在好莱坞那里的真正地位——既然如此，我们就必须跟着再追问一声：这部影片到底何以造成了如此广泛的轰动效应？要不就再换个问法：在那些并非经常光顾影院的更具人生阅历的观众那里，真正导致《泰坦尼克》如此热销的主要卖点究竟何在？

既令人难堪又令人担忧的答案竟是，居然还在于对技术神话的一如既往的崇拜！不惜挥金如土来精心设计的特技效果，使人们欢欣鼓舞地发现：如果我们过去只有能力在造船厂里打造一条真船，那么我们现在就已"进步"到了这种程度，完全可以在摄影棚里原样复制一条假船。于是，《泰坦尼克》的真正观赏价值就在于：作为一项辉煌的技术成就，它具有足以使人闻之动容的视听效果，而如此逼真完美奢侈地复制了一次人类的毁灭。这才是一种在观众那里屡试不爽的好莱坞传统：制作的成本越高，就越容易引起好奇；技术的含量越高，就容易取悦感官；拍摄的难度越高，就越容易营造画面；甚至毁灭的场景越大，就越容易收到喝彩。正因为这样，那些大片才总要在上市伊始，先来夸耀一番自己的销金纪录，动辄就糟蹋过天文数字的巨额财富。毫无疑问，在这种病态的供求关系中，《泰坦尼克》确有骄人的业绩，也确有资格再次打破票房纪录，难怪不光杰克要在影片中忘情地呼喊，导演还要在获奖现场得意地重复——"我是世界之王"！

然而，冷眼旁观这种拜金主义的艺术规则，却又使人不能不慨然兴叹，影片《泰坦尼克》的拍摄和放映，本质说来实不过是生活中的这样一个事件：如此众多的世人又往海底抛洒了整整一座金矿，竟只为我们换取了一个令人瞠目的教训——他们根本就未从那次海难中汲取任何教训！说到这里，大家必须从思想上分辨清楚：冷静地意识到自身局限的科学精神，跟狂热偏执地以全知全能自诩的科学主义，是具有判然天壤之别的两码事；因此，人们越是如此不假思索地迷信着技术进步，就越是充分暴露

出，他们的思想境界几曾有过寸进？恍然间不禁要问：我们确实
介身于另一艘摇摇欲坠的泰坦尼克号上吗？我们确实在愚昧无知
地复制着另一次人类毁灭吗？我们的惨痛教训非得留待再次猜想
"史前核战争"的未来物种才能得到认真总结吗？……

这才是《泰坦尼克》最可怕的一面，它把为数甚众的人群
拉回了冰海上的残破甲板。

五

也正是上述惊诧，才使我不得不正襟危坐起来，以较为严
肃的思想态度，来对付这部本不那么严肃的影片。

也许有人对此不以为然，觉得电影的历程比较短浅，不值
得比照着戏剧经典来进行评判，否则任何影片都将承受不起。然
则即使后退一步，不再那么言必称莎翁，而仅从电影较为浮薄的
传统出发，我们仍不难弄清和确信——跟追求短期效应的市场法
则完全不同，艺术作品之内在和永恒的美学价值，都从未仅仅取
决于投资数量的多寡。尽管相比起其他任何艺术门类来，电影生
产都更像是资本流动的某种特殊形式，但只需回顾一下多年前公
映过的《卡桑德拉大桥》，人们仍不难恍然大悟，其实根本用不
着如此恶性地耗费资源，就足以借蒙太奇的手段来展开真正的艺
术追求——不过由此一来，就出现了更令人匪夷所思的困扰：如
果人们还能记住那部法、意合拍的优秀影片，还能回想起张伯伦

大夫在剧中的那番荒诞经历，他们怎么还能欣赏好莱坞那种永远得胜的星际大战，怎么还能忍受好莱坞那种卡通片式的俗套乐观？

也许有人觉得无关宏旨，认为大家在忙碌一天过后，总要消费个把故事放松神经，犯不上跟这类解闷的玩意较真。然则即使再退一步，不光把精神头儿对准严肃的艺术探索，也在倦怠无聊时借大人童话寻点儿开心，我们也理应保持足够的警惕——作为消费时代娱乐行业的典型代表，好莱坞的模式仅仅原产于地球村的某个角落，充其量只算是人类多元文化的某一种样态，而绝非艺术发展的唯一方向和普遍潮流；就连美国的知识界也在为它的锋头太劲而忧心忡忡，生怕人类的精神世界就此被彻底麦当劳化，而丧失了相互解毒的制衡因素和超越条件。因此，既然《泰坦尼克》拜各类促销之赐，已把我们弄得举国上下神魂颠倒，就必须明确无误地泼出一瓢凉水：这部影片与其说是艺术作品，倒不如说是商业产品——而且是从大家身上大赚了一票的商业产品；所以，与其从片中领悟莫须有的思想性，倒不如从中寻找交易场上精明的生意经！

也许有人只感到无可奈何，发现消费文化已呈席卷全球之势，以至于就连在《卡桑德拉大桥》的故乡，大多数观众也只是受《泰坦尼克》海报的蛊惑才回到影院。然则即使再退一万步，承认美国的电影业的冲击一时难以抵挡，已成为仅次于其航空业的主要"国家竞争优势"，我们仍应看清事情的另一侧面——欧洲的知识界从未对此袖手坐视，他们面对这种艺术品位的普遍下降，至少还能发出持续的惊呼和进行不懈的搏斗，以至于能否对好莱坞俗套保持足够的心理距离，仍在那里成了"是否具有起码文化教养"的基本标志。所以，相形之下最为耻辱的是，尽管中国受消费文化的冲击目下已较欧洲更甚，可我们的知识界却远未有相应的危机感，以至于除了媒体上纷至沓来愚不可及的免费广告之外，真正由进口大片引起的种种紧迫话题，竟迄未进入严肃学者的所谓正业。正是出于这种雪耻的心理，深望本文对《泰坦尼克》的案例分析，能稍稍有助于思考盲点的破除和问题意识的更新——无论如何，如果大家辛辛苦苦获得的学识，总是这样于当代日常生活丝毫无补，那么我们就休要奢谈别的了，连自身的思想尊严怕也维护不住！

足球与族群意识

一

记得某次大赛期间，外文所理论室的几位同行正聚在一起，津津乐道着近来的球讯，包括场外的小道消息（其实也就是被记者称作"花絮"的那些东西），不料一位刚从英伦三岛留洋归国、平时最有谈兴最爱争辩的先生，翩然推门走了进来，兜头泼了大家一瓢凉水——我们好意拉他加入这场神聊，没承想他竟支支吾吾地来了这么一句：

"我承认……我有时候、也看点儿足球……"

多败兴！"看点儿足球"又怎么了？招谁惹谁了？竟至于用这种负疚的口气来招供？所以我先是心头一沉，脸上有点儿挂不住，然后才恍然体贴到人家的剑桥出身——原来依照英国的绅士风度，非但不屑于跟"足球流氓"为伍，就连沾这么点儿边，都觉得难以启齿！

于是我又窃自好笑，发现这位仁兄只顾照搬文明的做派，却忽略了行为背后的文化差异。他哪里晓得，就咱们的具体国情而言，眼下再没有别的什么话题，能比足球更属于公共空间、更显得百无禁忌了！跳上出租车，随意问句"昨儿晚上看了吗"，你也许就能跟司机攀谈一路，缓解不少赶路的辛苦。打开电视机，信手调个体育频道，你没准就能看到球迷正畅所欲言，吐露心头的种种不满。（除此之外咱们还有什么现场直播的发泄管道吗？）正因此，中国本土的知识分子，就决不会以谈论足球为俗为耻，相反倒经常借这个由头，拨弄点儿弦外之音，为的是更易引起关注，也更能受到容忍。

千万不要以为，我是道破了不可告人的天机。说穿了其实是路人皆知：至少在现代社会，竞技体育正支撑着多种多样的文化功能，片刻也未曾专骛过身体的锻炼，因而任何人只要一涉及体育，就难免"意在沛公"，虽然各自的动机不尽相同。否则我们就无法解释，为什么有越来越多的人去观赏、评论、经营体育，而只剩下越来越少的人在从事运动——更何况我们还经常被告知，那些职业运动员的身体，拼到后来竟个个是病夫，决赶不上普通人！所以从根子上说，如果允许我下个半庄半谐的断语，那么表演性很强的竞技体育，实不过是个经营快感的特殊产业，它以提供足以引起联想的介质为谋利手段，让观众根据各自的经验去自由填充，以便暗中宣泄潜在的情结，并在想象的空间中体验到释放的满足。

不过，"经营快感"四字，也不宜作狭义理解。人类的情感世界是色彩斑驳的，其满足手段也是奇正相通的，这才使对之的发掘总也探不到底。比如就拿看足球来说，尽管都是在寻求快感和刺激，但今年的亚洲区预选赛，和明年的世界杯大赛，起码对中国观众来说，就会有相反的滋味：此前的那份紧张和失望，简直是活受洋罪；而此后，既已无需再去牵挂子弟兵，反落得轻松潇洒，少几分对球运的操心，多几分对球技的欣赏。——这一切当然都不在话下，然而我由此却有一问：不知谁曾琢磨过，如果人类的天性总是趋利避害，而看球的动机也只是开心找乐，那么球迷们干吗偏要自讨苦吃，去做可怜的中国足球的啦啦队？

是因为热爱这种运动本身吗？那么试问：在数以亿计的球迷中，究竟又有多少人，这辈子哪怕曾经用脚亲近过一次皮球？是因为足球自身的观赏价值吗？那么试问：如今连最精彩的体育节目都已无暇顾及，何以还有这么多观众，去为几场并不好看的比赛彻夜不眠？是希望借机获得精神满足吗？那么试问：大家为何不像乒乓球或女排的盛期那样，先等咱们练得有点儿苗头，再去煽旺对这项运动的热情？而如果样样都不是，那么试问：世上怎么会有这样一个民族，偏跟一项他们既不喜爱又不擅长的运动，结下了恼人的不解之缘，不惜再三再四地跟它忍受煎熬？

二

听起来难免小题大做，但我只能给出这样的解释：在这种对足球的难以理解的狂热背后，其实恰恰隐藏着我们的族群意识。在落后挨打了一个多世纪以后，人们碰巧以这种虽婉曲却明确的方式，表达了整个民族苍凉沉郁的梦境，和唯恐沉沦落败的忧心。因此，既荒唐又确凿的事实是：其实只有在看足球的时候，人们才能最明确地意识到自己的民族认同——甚至连公开声言不再爱国的家伙，也会发现他骨子里还是个中国人，他从情感深处接受不了那支倒霉球队替他自己造成的失败，他恨不能做点儿什么来改变这个现实。

而细思起来，足球之所以最易引起此类联想，又正由于它在中国的转动轨迹，比任何其他体育项目，都更贴近我们国运的起伏：

——与那些愣拿现代足球跟古代蹴鞠勾连起来的精神胜利法相反，这种竞技运动之所以能在中国成为长久的热点，恰恰不是因为"我们先前"有过它，而是因为"我们先前"根本没有它。换句话说，足球风靡中国的必要条件之一是，它必须首先是舶来品，是根据别家规则来玩的游戏。否则，就没有奋起直追的必要，也就勾引不出人们的求胜之心了。我们实在是在别人划定的圈子里面转悠得太久了，竟至形成了这样一种心理定式，以为非要"师夷之长技"，且当了"出蓝弟子"，方可班师还朝。在这个意义上，"费厄泼赖"一说，拿到国际体坛上，其实全属子虚，因为即使规则本身是公平的，选手们适应这种规则的基点也并不相同。同样的道理，还可以帮我们理解：为什么同属格斗，多数中国人却只去关心别家"金腰带"的归属，而不来瞩目自家武术的新科状元？为什么同属博弈，却唯有"出口转内销"的围棋独领风骚，而最有群众基础的象棋反倒冷冷清清？

——跟要求它尽快"冲出亚洲、走向世界"的急切呼声相反，足球之所以总是让球迷们牵肠挂肚，其实恰恰是因为它迟迟未能腾飞，从而使人们的渴求总是未能满足。换句话说，足球风靡中国的必要条件之二是，它必须表现为我们的体质和体能难以逾越的障碍，成为一桩老也治不好的心病。否则，一旦痛捣黄龙大胜而归，它反倒不足以构成持久的悬念了。从这个意义上讲，中国人对足球其实并无浅近的功利要求，虽明知它对摘金夺银的"奥运战略"难有补益，仍在斤斤计较其微不足道的输赢。而鲜明的对比是，尽管乒乓球和女排同样属于舶来品，但由于中国已在这两个项目上称霸天下，或至少曾经雄霸一时，大家反而不太在乎其一城一池了。竞技体育能够满足人们的，毕竟只是苦熬之余的象征性胜利，所以如果成天价高奏凯旋，其间的紧张度就嫌太低，反教人难以全身心投入，去体验"国运上升"的快意过程。

——最后也是最重要的一点是，在当今世界的差序格局中，足球之所以能引起国人持久的激动，又在于它作为参与面最广的运动，既是发达国家最愿意保持优势的项目，又是发展中国家最巴望后来居上的项目。换句话说，正因为足球强国最肯较劲，而足球弱国又最想叫板，仿佛彼此都想以倾国之力一拼高下，这球才踢得更来情绪，一旦输了才更肉疼，万一赢了才更过瘾。无论如何，这才是足球最无可取代、最惹人着魔的特点：它太贴近我们的族群记忆，太类似当今的天下大势了！——明眼人一望便知，这种群雄逐鹿的场面，其实恰正是欲借体育来支撑强国之梦的典型历史背景。从这个意义上讲，尽管国人在此处绕进了一个可怕的怪圈，越是屡战屡北，就越是渴望翻身，而越是求胜心切，就越难心想事成……但他们毕竟没有服输，相反倒是憋足劲认准了，偏要在这个泥坑里爬起来。就算此种心态多少有点儿迂执，其发泄方式也多少有点儿虚妄，仍不失为一股令人敬畏的心劲儿吧？

三

也只有冲这股心劲儿，我们才能理解，在国内甲 A 甚至甲 B 联赛期间，居然会有那么多人，不惜去看本无看头的球赛，不惜去捧本无资格的球星，凑出了火爆一时的球市。

平心而论，不再乞灵于语录的魔力（比如"下定决心，不怕牺牲……"云云的真言），也不再编造自欺的神话（比如《京城球侠》之类的笑柄），转而求助于市场规则，竟说明国人已很愿意观念更新了。而且，虽明知难免有点儿赶鸭子上架，但也许再没有别的事情，能像营造球市这样，令国人如此真诚地同心协力。于是乎，上自官府的改革，传媒的炒作，下至商家的经营，民众的呼应，大家确实是心照不宣，非把足球踢上去不可——瞧这意思，要是真有上帝，就真能感动上帝！

只可惜大家忘了，这球市偏偏是拔苗助长的，而不是水到渠成的，所以在重赏之下，并不一定能产生勇夫。那些人为造成的球星，也许的确算得上成功者，但那成功只在市场上，而非球场上。甚至，种种不配获得的待遇，和不配享有的名声，对最终的战绩是半点儿好处也没有，只能让他们的脚脖子更发软。一方面，他们就这么眼睁睁地给娇纵坏了，再也不可能在正常的攒劲过程中，像其他项目的运动员那样，先去"劳其筋骨苦其心志"，承受必要的身体和心理磨练。另一方面，偏又是这群少爷兵，在领导勉励、传媒鼓吹、球迷喝彩之下，要去背负比谁都沉的东西，并自觉到既已领受了这么多刺激，再踢输了更无颜见江东父老——这球岂不踢得更加沉重？

由此我想到那位施拉普纳：虽说输了球就马上撤换教头，乃属各国之通例，但当年大家迁怒于这位洋教头的，实多为"有中国特色"的本土问题。事到如今，大家普遍为此找出的教训是，悔不该聘一位"二三流"的德国教练。可说句公道话，即使这位"二三流"的德国教练，当年只能把我们的国家队调教成二三流的德国球队，那么，就算这支队伍还不能在世界杯预选赛上所向披靡，总不会像实战那般不堪一击吧？所以，真正的症结在于：尽管一谈执掌国家足球队的帅印，总难免涉及爱国主义，但人家当初毕竟只是来接受一份普通的工作，而绝难想象出，这工作竟在这里被赋予了那么多足球以外的伟大意义！于是，一切的倒错就随之而来了：一方面，你把这位寸功未立的"施大爷"，弄成了家喻户晓的公众新宠，不仅出镜率远远高过本国国球的领军，而且据说还在下面可以享受到"副总理级待遇"；另一方面，你又把这位并无通天本领的教练，看作"要有光、就有了光"的救主，不管他手下球员的素质如何、手中的实际权限如何，非让大家一吐鸟气不可。——这才真让人受宠若惊，以至连他久经沙场的老伴儿，都难以承受心理失重的落差，简直要带着嗅盐来听战报……所以，我们实在是胜心太切了，这股狂热压得足球都变形了！

当然，这次至少在一件事上，大家比过去清醒多了：以前每逢兵败，不论舆论界多么痛心疾首，传媒自身总是批评的死角；而此番输球之后，却听到了一种虽微弱却积极的声音，对媒体炒作的恶果提出了警惕，似乎代表了新闻界的自我反省。这是非常值得关注的苗头，特别在我们这个刚体会到现代性负面效应的国度。不过话说回来，光警惕传媒还远远不够，还应进一步警惕它背后的市场，因为作为一种企业行为，传媒的运作并非如批评的那样不负责任，而是只能向它一心投合的市场负责。大家理应借机明确：即使在正常情况下，市场也绝不是万能的，遑论一个人为营造的扭曲市场。所以，如果用迷信语录的心理，去迷信这种社会交换规则，那么它将给我们造成的麻烦，就一点儿也不会比个人崇拜更小。对这一点，只需回想当初马家军获得市场效应之前之后的表现，就足以洞若观火了——更何况，眼下的足球队已被弄得加倍错位，它的水平还远处于练兵的初级阶段，却已需要克服名利双收后的难题！

四

这球踢到这会儿，可真踢出点味儿来了——我真想再问一遍：再在球运和国运之间强划等号，究竟还有多大意思？如今，就连最不希望中国强大的对手，也会老老实实地承认，正是在市场力量的推动下，中国的国势已越来越不可小觑，可偏偏这个不争气的足球，虽被同样祭起了市场的法宝，却越来越扶不起来了，就连在亚洲区预选赛中，也只能敬陪末座甘居下游。所以说白了，过去是国运不佳，想沾点儿球运的光，如今倒是球运太差，反栽了国运的面。

于是就有人发话，要求大家对足球重新定位，弄清中国队在亚洲十强中的名次。笼统听上去，这种说法无疑有浅显的正确性，但认真寻思起来，却发现问题绝没那么简单：为什么整整十二亿人口，又花了整整几十年时间，还认不清如此一目了然的"梁山泊座次"？所以，症结实不在于大家的头脑，而在于大家的心灵：既然在族群意识的深处，已如此看重足球这种虚拟的战争形式，那么一个泱泱大国的民众，就绝难接受它迟迟冲不出亚洲的事实——这是一场贯穿中华民族崛起之始终的大梦，尽管它会与现实构成长久的冲突。

　　而不无反讽的是，正如我们刚刚分析过的，目前正是这种太过强烈的梦想，反而干扰了足球水平的提高。只要看看其他运动项目，包括球场得意、市场失意的女足，我们就不难领悟到，哪一天国人淡化了足球情结，不再在乎某种具体运动所带来的象征性输赢，那么在各类项目总会"东方不亮西方亮"的情况下，说不定足球就还真有出头之日。这决不是主张消极地听天由命，而是出于下述的体制考量：如果不考虑其中的种种弊端，而只关心少数中国选手的世界名次，那么由政府一手包办封闭式训练的老办法，在我们这个根本就缺乏运动基础的国家，倒是进行强化急行军的最有效手段——我们哪个项目不是这样搞上去的，凭什么说足球就一定例外？

　　不过，本文的主旨只是要描述某种文化心态，并不打算献什么"平戎策"。而且我们不难想象，如今即使有人愿意支这一招儿，后悔药也早已吃不得了，因为足球一经商业化，必会造成许多新的既得利益，它会推动人们把球市继续造下去，把球迷加倍煽起来。另外，再说得透彻点儿，既然我们已经发现，隐藏在足球迷狂背后的，实乃朦胧却又坚韧的族群意识，那么这球本身是输是赢，就实在无伤大雅了。就算真把足球踢上去了，人们也会找到别的出气孔，来宣泄内心的喜怒哀乐，寄托自己的强国之梦。就此而论，一个民族的共同梦想，决不会因为有谁说破了它，便有丝毫消解——它要是真被泯灭了，整个的民族认同也就不复存在了！

而这也就意味着，足球在国人脚下，恐怕还会一如既往的沉重，盖因国人对民族命运的关切忧虑，总是这般沉重压抑。正像人们常说的那样，心病还得心药医：只有等有朝一日，我们的社会发展到了这种程度，其价值观念和制度结构本身，就足以带来内部的认同，人们才毋需以假想敌作引子，来刺激狭隘的族群意识，也才能醒悟这种足球情结的荒诞之处，使之真正如冰释然——那才是一种心灵深处的强盛，它更大度、更平和、更从容，不再以锱铢必报的复仇心态，来加剧记忆中的苦痛（即使有人曾对不住我们），也不再以其他民族的失败（哪怕只是虚拟的失败），来支撑本民族的自信。

也只有到那时候，足球在中国才踢得轻松愉快——而且更重要的是，不管国家队的表现如何，人们都不会再盲目迷恋它，以及其他任何并未亲身尝试、并不真正懂行的运动项目，而投入到各自擅长的健身活动之中，把体育当成名副其实的体育！

关于电视辩论的辩论

——与郑也夫先生的对话

郑也夫 电视上的大学生辩论赛搞了好几年了，我一直是其中的策划者，当然也是该项活动的辩护者了。听说你对这种方式一直持批判态度，很想听听你的意见，或者说，我们好好理论理论。

刘东 瞧，这回你改说"理论理论"，而不说"辩论辩论"了。为什么呢？因为在日常用法中间，"辩论"这个词带有更大的火气，更关注讨论过程的外在效果，即究竟谁抢白过了谁，而不是讨论过程的内在效果，即到底有没有增进对于事情的认识。所以，一旦你今天希望跟我认真讨论问题，马上就转而不再采用电视辩论上的那种架势了。其实，仅靠对这个词中文用法的分析，就足以表明我对电视辩论的态度了。我确实认为电视辩论之风是不可长的。

郑也夫 我是尊重一切形式的辩论的，不管是每个人站在自己真实立场上的辩论，还是抽签决定了的游戏角色间的辩论。

我想今天当然是我们之间真实立场间的讨论，或者说辩论。但是我不觉得游戏角色间的辩论，或者说电视辩论赛，有什么不好。希望能将你的反对意见中的主要观点开门见山。

刘东 我的立场跟你有很大分歧，决不会无保留地"尊重一切形式的辩论"。但有意思的是，既然你已谈到了辩论的种种形式，我们不妨就从这里入手，来层层递进地进行剥离。首先，我认为必须区分两种形式的辩论，一种是为了探求道理而"发自内心的辩论"，另一种则只是非关学理的"人为作伪的辩论"。对于前一种，我不仅不反对，而且还曾经从中受益良多，因为它的确可以活跃思想松动头脑。但对于后一种，我却坚持认定它弊大于利，因为它抽取掉了前者中必不可少的那种对于真理的执着，非常容易滑向诡辩。其实，只要我们对西方古代思想的发展稍事回顾，就很容易看出上述两种辩论的鲜明分水岭，比如，有名的苏格拉底对话录，正是一种发自内心的辩论，他把这种方法称为真理的"助产术"，而诡辩论派所教导的强词夺理的功夫，便是一种人为作伪的辩论，那只能导致思想的腐败和文明的堕落。

郑也夫 真实的、发自内心的争论，在社会生活中并不缺少，在法庭上，在西方的议会中，在中国的人大、政协。当然我们还应为这类争论提供更大的公共空间。问题是游戏式的争论有无必要，有无意义，是否"败坏、堕落"？游戏式争论与真实的争论的一个根本差别是前者没有站在自己的真实立场上，甚至正相反，这似乎滑稽。但是在思想过程中这是正常的，频繁发生，甚至必然发生的。比如你的立场是人性本善，你为了使之完善、颠扑不破，就要不断用人性本恶的种种论据苛刻地审视、反省、批判自己性善的立场。任何一个有深度的争论，都是双方各有道理。一个智者一方面要有自己的价值观，但另一方面，他能够成为一个智者，在于他反复考虑过两方面的意见。以游戏的方式迫使一个人暂时站在与自己原初态度不同的立场上去争论，去加深认识，没有害处，甚至有帮助，会促进一个人摆脱片面。

刘东 在探求学理的过程中，我们当然需要有良好的听德，对于不同意见进行同情式的了解，进行设身处地的体察，而如果有了这种虚怀若谷的态度，那么在彼此都亮明了自己的观点之后，即使一上来唇枪舌剑地显得各不相让，辩论双方最终还是有可能会心一笑，感受到高度的心智愉悦，因为大家都已在这种相互辩难中有所收获，把自己的立场奠定在更宽广更稳固的基础之上。但尽管如此，我仍然不赞成你所说的那种游戏式的辩论。这种规则先入为主地决定了，辩论者的主要目的是来参与一场游戏，是用玩世不恭的态度取代了对于真理的虔敬之心，他们参加这种游戏的基本目的并不在于战胜自己思想的片面性，而仅仅在于从气势和辞藻上压倒对手。这样一来，他们就只能为辩论而辩论，恰恰难以像你刚才所讲的那样，去"反复考虑两方面的意见"，因为他们的主观立场是被先行给定的，而且按照规则是根本不能改变的，由此他们的思想角度就不得不十分拘执，反而很难达到通过辩论松动头脑的目的。

郑也夫 我承认辩论赛目前质量不高，赛制上需要完善。但我们还是先理论清一个问题：辩论中角色调换一下，即参与者并非遵循自己的真正立场，是否尚有积极意义。我认为仍有积极意义。因为我认为论证过程比结论更重要。这是一个思想方法问题。重视论证过程才有望提高思想水平，进而有望得到真理。很多人认为，一个人可以为一切观点辩护必然沦为诡辩。我愿为诡辩正名。诡辩在思想进展中有重大贡献。你说到苏格拉底，当时的哲学家很喜欢作一种智力游戏，让对话者任选一种立场，然后他将你驳倒（这很像江湖棋摊），苏氏就驳斥了"说谎话不好"这样似乎不成问题的命题。古希腊人真的以为飞矢不动吗？公孙龙真的以为白马非马吗？那未必是他们的真实立场，而是他们为人们的正常立场设置的障碍——驳不倒它就别说飞矢在动、白马是马。电视辩论最遭非议的是参与者的立场是假的，是抽签决定的。但我们强调：论证过程比结论更重要。诡辩并不像人们通常以为的那样败坏、消极。一个不能驳倒诡辩的真理还是真理吗？它只是最苍白的教条。相反倒是很多钻牛角尖的诡辩式发难促进了思考的深入。我承认辩论赛还有值得商榷处，但你是否同意，不按真实立场争论也有积极功能？我们最好先了结这个要紧的问题。

刘东 我前面已经谈及苏格拉底跟诡辩学派的本质区别。但针对你刚才的议论，我首先需要再澄清一个哲学史的事实：在柏拉图对话中，苏格拉底并未笼统地驳斥过"说谎不好"的命题，而只是在探求人生真谛的特定语境中，通过反例来证明，诚实这种公认的美德，其实并不能普遍应用，所以还不就是终极的善的理念。所以你看，诡辩学派跟苏格拉底也许只有一念之差，而这一念不是别的，正是真诚地抛弃一己的偏私，而竭力去界定思想的对象，如同苏格拉底所说，"真理的风往哪里吹，思想的船就往哪里开。"人的认识当然是包含着谬误的，我们跟自己跟别人进行思想搏斗的主要目的，也正在于克服种种的偏见，或者至少去发现某些难以克服的偏见，确证既定思想观念的相对性。不过必须注意的是，承认知识的相对性是一码事，由此而倒向彻底的怀疑论则是完全不同的另一码事，只有在后一种情况下，人们才会索性在讨论中采取诡辩的姿态，不再认为自己的知识还会有任何进境，甚至不再相信自己进行的讨论本身还有什么意义。所以请你原谅我的坦率，如果接受你的说法，提倡人们可以任意采取任何立场进行胡乱争执，那根本就不再是人在说话，只不过是话在说人。而这又正是诡辩论的主要特征，它的最大本事就是把明明没有道理的话头，说得振振有词，让听众终于发现世界上什么都是似是而非，根本没有真理可言，所以也不值得拿它当什么真。

郑也夫　sophist 一词有时被中译者译为"诡辩者"，有时译为"智者"。从该词内涵及译法上均可看出今人对之评价并不一致。sophist 产生于古希腊哲学初期。我觉得这种怀疑、挑剔的思想方法对整个希腊哲学影响很深。而最终怀疑论成了近代科学的最重要的思想基础之一，绝不是偶然的。一个人能坚信一些东西是难得的，电视辩论绝不是要参与者扔掉初衷。对观众它提供的是两种意见的争论，以论证水平高下裁决胜负，我觉得没有坏处；对参与者，他即使暂时放弃了原初立场，对其整个思想成长还是利大于弊的。国外学校的课堂上，讨论盛行。有时会发生这样的事情：大家最初按照自己的立场争论，争论到一定程度教师要求每个学生下课后按照对方的观点去做准备，下次上课用与自己立场相反的立场重新辩论。这样翻来覆去、互换立场的争论，其实是费尽心机，希望学生们思考问题的方方面面。我真的不觉得"非真实"没有意义。

刘东　再提示你一句，正因为智者学派专攻诡辩术，才逼得严肃的思想家自觉地跟他们划清界限，不夸口自己是"智者"，只说自己是"爱智者"，而该字眼儿在希腊语中正好就是哲学家的意思，由此可见真正的哲思跟诡辩术是泾渭分明的。但无论如何，我们现在不要再无穷后退地"言必称古希腊"了，还是接着你的话题谈谈电视辩论的弊病。在这方面，我的观点非常鲜明：如果人为作伪的辩论或者为辩论而辩论是有害的，那么，一旦把这种东西当成商品引入大众传媒，就愈发加重了它的危害性。因为，一方面，为了投合观众的口味而争夺收视率，它会被包装得更加媚俗和哗众取宠，使本需认真研讨的人生问题和社会问题，变成了轻松可笑的娱乐节目，另一方面，电视这种空前广泛的传播渠道，又会把这种唇齿游戏酿成普遍的社会风气，让观众误以为这种预先安排好的闹剧，就是大学校园的实际生活场景，不了解真正对这些问题苦思冥想并且良有心得的学者，决不会像这样说得比想得还多。

郑也夫 现在的时代就是媒体的时代，特别是电子媒体的时代，辩论赛完全处在电视之外是不可能的。但是我确实以为辩论赛的沃土是大学校园，辩论赛应成为校园文化中的一支，为校园文化做出贡献。也就是不管有无电视转播，大学内、大学间的辩论赛应当成为传统项目，年复一年地搞下去。但搞电视的人不管这些，只关心电视辩论。脱离了校园的电视辩论，一是观众中大学生太少，二是比赛场次太少，长期下去是有问题的。同时电视台作为最大的媒体领衔做事，是有其霸道的一面的。比如在选题上是要由电视台决定的。而电视台人员的文化素质未必能胜任这一工作。而选题一糟糕，辩论就毫无生气。

我觉得目前电视辩论的最大问题是辩手重辞轻理，长于背书而弱于争论。但我觉得这些都是目前学风中的弊端的表露。当然辩论的规则的改善，评判中对道理的重视，对辞藻的轻视，都该加强，以利于克服辩论中的不足。一句话，辩论中的问题不可以都加在辩论赛头上，不可以都加在电视辩论赛头上。我国的学校教育长期以来轻视学生口头表达能力的训练，造成学生口才弱，这种弱点必然反映在电视辩论中。

刘东 说到校园辩论和电视辩论的话题，还有一种非常鲜明的对比：过去在"新三届"的大学生中间，其实辩论的空气是最浓的，不过当时大家并没有为辩论而辩论，只是如孟子说的那样，是"余岂好辩哉，余不得已耳"，为了探求学理而各抒己见；与此相反的是，在当今的大学生中间，其实辩论的空气是最淡的，虽然电视辩论堪称例外，但那毕竟是人为炒作出来的，而且大家已经把功夫做在"诗外"了。由此我们就不妨说，除了被强化训练出来的个别辩论机器在信口雌黄之外，更多的大学生并没有获得应有的紧迫问题意识，所以也就表现不出为之献身的热情。那么，此中的原因何在？是因为当代的大学生觉得自己早已真理在握了吗？绝没有那么回事！真实的原因是，有许多人正像在电视辩论中表现得那样，不再相信知识的任何确定性，觉得事事都是此亦一是非，彼亦一是非，根本不愿再为真理这种莫须有的东西劳神。这种心态，是决没有资格跟苏格拉底对人类知识可靠性的怀疑相提并论的。正如艾伦·布鲁姆在《走向封闭的美国精神》中所嘲讽的，"苏格拉底只有经过毕生的不懈努力之后，才懂得他是无知的，现在每一个高中学生都懂得这个道理"。所以，这种怀疑的态度并不是一种有深度的检省，而只是一种"开放式的封闭"。它以知识的相对性为借口，而从心灵深处毁弃了求索真知的动机。它太过轻易地抛弃了一切信条，而并未真正体会到，即使是那些对于某些信条的深刻否定，也要基于非常坚定的追求信念。

郑也夫　我自己不在大学中，对今天的大学生与我们在校时究竟如何之不同，不敢妄加判断。但我想，世风、学风、校风之变迁，原因甚多，不是几句话能说清的。我希望有丰富多彩的争论。学生处在最有生命力的年龄，天然好辩。应该有形形色色的辩论方式与之相应：本色的方式，游戏的方式，角色的方式，电视的方式；公开的，私下的，非正式的；在校园中，在寝室里，也包括在电视台的演播室内，各种方式可以共存，谁也不吞噬掉谁。

说到确定性问题，或许青年学生中有缺乏信念、价值观和确定性的倾向。但是问题还有另一面。我们四十年来的思想遗产毕竟是强调确定性，我们的正统观念几乎为一切问题提供了确定的答案。不管哪一种意见，一旦变得不容讨论都将是危险的。辩论，特别是抽签决定的角色的辩论，在向这一确定性挑战，它可以为一种霸道的确定性解毒。说辩论赛使人们认为世上无真理了，我不相信。电视辩论赛辩论过"烟草业利大于弊""我国现阶段应发展私人轿车"，每个人就丧失了对这两个问题的主观认识了吗？不会的。它只会拓宽人们的视野。

刘东 对此我完全不能苟同！这涉及一个基本的判断：在目前的青年人中间，究竟是确定性的东西太多，还是确定性的东西太少？也许你热衷于前一个答案，但我却倾向于后一种答案。任何有序的文明肌体，总要具有执行合法化功能的价值内核，而任何有效的教育机构，也总要在社会化的过程中把这种价值观念灌输给学生，由此，任何受过教化的文明人，心目中总要潜藏着某些表现为前理解的文化信条，这些东西作为基本的做人准则，乃是每个社会成员的安身立命之本，而它们一旦受到瓦解和颠覆，整个社会也就有礼崩乐坏的危险。这其实是不言而喻的浅显道理，所以我完全不能理解，在文化失范问题早已成为学术界关注焦点的今天，作为社会学者的你，还会继续鼓励学生们用舌辩游戏把婴儿和洗澡水一齐倒掉！老实说，一看到电视辩论的场景，我马上就会回想起"文革"时期的打派仗，彼此都声嘶力竭摇唇鼓舌地要把对方的气势压下去，到后来竟连究竟为了什么而争论都忘得干干净净。这绝不是我一个人的感受。杜维明教授在现场观看了大陆的电视辩论以后，也曾在私下里发表过同样的感慨，觉得来自南京大学的那四位女生，谈锋真是犀利到了可怕的程度，不管多么难于索解的两难问题，比如你刚才提到究竟左袒性善论还是右袒性恶论，也不管她们抽签拿到了正题还是反题，都马上可以口若悬河地用词语去淹没对方。另外，我在南大的一位老同学正好是这些女孩子的教练，曾经领着她们从新加坡辩论到北京，而且总能在竞技场上得奖。按说他应该为此自鸣得意了吧？可他的实际看法却跟我一样，在电话里对我坦率地承认，其实孩子们都被这么着给教坏了！

郑也夫 不管一个民族是多么需要一些价值内核、做人准则、前理解的文化信条，我想与这些确定性对应的不确定性必然更多，特别是在一个巨变的时代。而我们四十年来的思想方法恰恰是为几乎一切事物，包括那些并非价值内核的工具性选择提供了不容置疑的答案。我们应该珍惜一些价值内核，更应该勇于争论很多曾经给出过答案，实则远未解决的问题。即便是那些根本性的并已经被证明为真理的东西，自由主义的鼻祖密尔说，仍应不断重新争论一下，以期使之不成为僵死的教条。因此社会需要讨论和争论。自然主要需要的是你说的那种发自内心的争论。但同时人为的、游戏的、电视的辩论赛，在一个迫切需要讨论的社会，均有益无害。不仅在于这样的争论也可能提出新意，同时也在于这形形色色的争论方式共同地拓宽了争论的合法性与讨论的空间。

刘东 你所讲的，跟我前面的话有点儿"针锋不接"，所以我得提醒你一句，但愿这一回你不再是为辩论而辩论，以至于不管我讲出了多少道理，你都不愿意顺着这种理路走下去。但无论如何，既然话茬儿接不上，时间也不早了，我就只有再最后表达一悲一喜两层意思。一方面，令人叹息的是：虽然大陆的辩手在电视辩论中总能出尽风头，但如果把问题看得深一些，就会发现这种情况并不值得庆贺，因为在这样一种看谁更巧舌如簧的比赛中，获得优胜非但不能证明科研教育水准有多么高超，反而只能证明文化失范状况有多么严重；也就是说，在这样的竞技场上夺金，不仅不应被视作什么荣耀，反而还应被认作莫大的耻辱。另一方面，令人宽慰的是：尽管像你这样热心的"导演"还在为电视辩论正名，以为它有各种各样的积极意义，但恰恰是被你们评选出来的最佳辩手，却早已幡然悔悟地扔掉了你们颁发的金牌，决不愿意再去强行违心论证像"愚公不该移山"这样的狡辩话题；作为一名南大的老校友，我真心诚意地引此为自己的骄傲，因为它说明在我阔别多年的母校中，毕竟还有这样优秀的学生，不再留恋廉价的无聊掌声，而去追求更有价值的人生真谛，只要有像她这样的有志青年在，中国总还是有希望的吧？

郑也夫 其实我前面说了那么多，都不过是在为辩论赛的合理性辩护。作为几届电视辩论赛的策划者我比别人更早、更深刻地感到了辩论赛的危机。这位女同学的回马枪进一步使我觉得必须采取行动挽救辩论赛。她有她的道理。她所参与的决赛以及其他很多比赛我们也觉得惨不忍睹。但是问题不在于辩论赛本身，而在于其赛制。几届辩论赛中日益严重的危机几乎可以宣告新加坡电视辩论模式的终结。这一辩论模式基本上由三大块组成：正面阐述，自由辩论，总结发言。正面阐述与总结发言部分完全是事先准备好的现场背书，充其量是讲演；自由辩论部分基本上是各说各的，互不交锋。这种辩论的最大缺陷是缺少针对性，而这种欠缺正是辩论的死症。针对赛制上的这一缺陷，在1995年为北京电讯业企业内部辩论赛作的策划中，我做出了改进。在辩论程序中加进了"轮流问答"：每方向对方问两组问题，对方必须回答。每一组除了第一次发问外，还根据对方的回答及回答中的缺陷"追问""再追问"，并要求对方对"追问""再追问"做出回答。实践后收到一定效果。但因辩手受新加坡模式影响太深，还不够适应。这一新赛制的潜力还未充分发掘。两个月后，一个美国教授访问中国，他年轻时曾获得美国20世纪60年代某届全国大学生辩论赛的优胜（当时的辩题是"美国应承认红色中国"），以后专门研究辩论与辩论赛。我们切磋了辩论赛赛制。他对我的一组"轮流问答"中的发问、追问、再追问表示赞赏。今年北京电视台的辩论赛也选择了这一赛制。除此，我觉得评委们也应建立一种共识，打分时鼓励争论，反对背诵，以此促进辩论中的针对性。魔高一尺道高一丈。一切选手都会利用赛制的缺陷，因此赛制必须改进。我并不觉得现在的辩论赛中的缺陷已证明它将寿终正寝。但是确实到了反省它、改进它的时候了。

改革需要远见
——深谈中学应否取消文理分科

中国青年报记者（以下简称"记"） 关于中学是否取消文理分科，近来议论很多。但以我的观感，绝大多数只是意见。各方意见的充分表达，不是坏事，然而若是以此掩盖了对该问题本质的逼问，则有遗憾，甚至贻害。

刘东（以下简称"刘"） 你这个概括很到位！这句话的潜台词是，意见可以代表立场，代表印象，代表好恶，代表投票的倾向，但意见却不是论证，不是理性反思，因而没有底气，也不大靠得住。这正是问题的关键！现在政府刚一发问，人们马上就忙不迭地竞相发言，显然没有经过仔细的沉淀，打个比方，简直有点像是电视抢答。

记 中学文理分科被诟病已久，这次很像是"被允许"公开射击，于是各种弹药一股脑倾泻到了这个靶子上。其中用得最多的子弹，也是取得最多共识的，大概是某种关于通识教育，或者说博雅教育的想象。

刘　可问题也正好出在这儿。依我看，无论发问者还是抢答者，所谈论和理解的通识教育或博雅教育，恐怕都正好暴露出了，他们本身就没怎么受过这样的教育。不客气地说，这也包括最近被"两会"记者追问的大学校长，甚至尤其是他们！不信你查查口碑：自从他们空降到学校以后，真替那里的文科干过什么实事吗？所以说到底，这都还是些理工科出身的，而且在他们受教育的年代，中国已经没有什么像样的文科了。正因为这样，他们最多也就能想象到这一步——会背三百首唐诗的杨振宁！

记　哇！这种生硬的两相凑合，不知怎么倒使我联想起希特勒时代的交响音乐会了。台上照样在演奏贝多芬，高雅、严肃、精确，台下却坐满了身着军装的杀气腾腾的党卫军……

刘　你还可以接着往下联想呢：在越战电影《现代启示录》里，成群的武装直升飞机在进行集体屠杀时，银幕上配的音乐也正好是瓦格纳歌剧《尼伯龙根指环》中的那段《女武神出骑》，华彩、壮阔，而又不可一世……

记　回到我们的正题来。看来，尽管希望取消文理分科的想法，表明已经意识到了病患，但仅仅强调文理不分家，还不能治愈我们的教育。

刘　即使觉得不怎么舒服，也不能胡乱吃药吧？更不能闯到药房里，要把那里的药见样吃一片！所以如果真想治好疾病，而不是讳疾忌医，就应当既去研究病理，也去研究药理，然后再对症下药。

记 这样说来，或许我们首先应该问一问，文理分科这样的现实究竟是怎么形成的呢？

刘 其实分化和爆炸，在描述现代知识的发生时，简直就是同义词。正因为这样，在知识剧烈爆炸和增长的现代社会，分科就是必然的发展趋势。人类的知识不光是要学分文、理，即使在文科内部和理科内部，也是不断要分化下去。所以，真正需要解决的问题，就不可能是应否取消分科，而只能是何时分科最佳？或者说，就当前的情况看，是否应当对学生们延迟分科？

记 知识分科既有这么强的合理性，那为什么还总被人骂，而且骂得是那么罪大恶极？

刘 骂当然还是要骂的，可以提高对其负面效应的警惕！试想一下，如果人类社会可以无障碍地复制自己的成员，让每个成员都能全息把握发展至今的全部知识，或者退一步说，至少也让他们可以每人得到一台功能无限的计算机，随时搜索到任何现成在手的知识，那么，当代社会科学所面对的几乎所有裂痕与隔阂，都会顿时迎刃而解。可惜的是，由此所需的提供教育的成本，或者提供机器的成本，同样会变得无穷大。正因为这样，我们还是不得不回到现实，来忍受各种教育的落差和信息的不对称——即使我们已经知道，人类迄今的几乎所有冲突和不公，都和这种教育的不对等有关。

记　对于这一点，以往的思想家们，提出了怎样的解决方案呢？

刘　按我刚才那番话的逻辑，思想家自身也是信息不对等的，由此也就可以想见，他们也不可能提出最终的解决方案，无非是见仁见智罢了——当然从他们的口中讲出来，已经是更深刻的片面！正因为这样，我们就更要在他们的思想中间，进行小心翼翼的平衡，比如说，涂尔干的社会分工理论当然相当重要，却又必须用马克思的异化劳动概念去平衡，从而达到这样的认识：虽然无法逃避高度职业分工的现代社会，也没有必要否认它对于社会发展的积极功能，但与此同时，却必须警惕它的各种负面作用，特别是它对于人格成长的妨碍。所以，关键还是要认识到，现代性已经把我们逼到了两难的境地，正如我以前指出过的——"正像现代社会的日渐发展偏偏是以现代人格的日益局促为代价的一样，现代学术的普遍进步也正是以每个学者之治学领域的不断逼仄为代价的"。

记　你的意思是不是说——必须进行知识的分科和劳动的分工，这是现代世界的大趋势，但与此同时，又必须警惕和限制这种分科与分工的负面效应，这也是现代世界的大趋势？

刘　正是如此！越来越仰赖于这种分科的知识，又越来越受害于它，这正是现代人的宿命。正像社会学家乌尔里希·贝克在《风险社会》一书中指出的，在当今的时代，正因为风险变得越来越大，而对每一种风险的理解，又都超出了普通人的理解范围，只能为特定的专家所掌握，我们就不得不在各种问题上，无论是食品、污染还是疾病，听从各种专家的意见。然而，当我们把命运交给别人时，却又发现那些所谓专家，其实也是信息不完整的，经常发布矛盾的警示或医嘱，更有甚者，他们还会受到各种权力的支配，向我们掩饰实际遭到的风险，使我们最终积攒的风险变得更大！

记　在这样的窘境中，更让人怀念像达·芬奇那样的全才。虽然说，这样的全才在任何时代都更属于梦想，但毕竟人们当年还敢做那样的梦！

刘　正是这样！我刚刚写完一篇文章，其中重新评价了社会学家马克斯·韦伯和汉学家列文森对于儒家"君子不器"观念的批判，他们曾经认为这种无所不包又样样业余的追求，构成了突破中国传统的主要障碍。但他们却不知道，其实孔子提倡"不器"的前提，恰恰是除了理想中的君子之外，其他集团和阶层都已然被逼"成器"，被各自有限的社会分工角色，限定成了器物般的死板之物，各执思想的一偏而难以交流。其实，放眼西方的教育史，之所以出现对于通识或博雅的吁求，也是出于同样的困境意识。

记　那么依你看，既然硬着头皮也注定要分开，什么时候进行文理分科最能扬长避短？

刘　这需要因时、因地、因事、因人而制宜，并不存在普遍通用的结论。说句笑话，如果一个人的自然寿命是无穷的，享有的教育成本也是无限的，他最好永远不要被逼分科，以免分割和局促自己的人格。马克思就做过这样的梦，他在《德意志意识形态》中憧憬说，到了共产主义社会，就"有可能随我自己的心愿今天干这事，明天干那事，上午打猎，下午捕鱼，傍晚从事畜牧，晚饭后从事批判，但并不因此就使我成为一个猎人、渔夫、牧人或者批判者。"公道地说，即使这种理想不能实现，仍然不失为伟大的理想。其实，也正是出于类似的考虑，我才撰文呼吁过，希望能在最好的综合性大学里，让新生先度过一个预科阶段，也就是说，不光不要在高中阶段分科，就连在大学阶段也暂时不要分科。

记　据我所知，尽管不见得很成功，但北大元培学院的初衷，就有这方面的考虑。不过，就中国的特定国情而言，北大的很多举措并没有普遍参照意义，由此对于一般的大学来说，究竟应当怎样具体应对呢？

刘　我讲应当视各种条件而制宜，这句话的另一层含义是，虽然不能提供普适的现成答案，却可以提供基本的思想原则——那就是无论对于个人、家庭还是教育机构而言，都必须尽量拓宽选择的范围，以便用多样性来应对复杂性。具体来说，对于一个个人而言，如果你能坚持得下来，最好就在学府里多待几年，而且多转几个学科，就像当年到国外游学的陈寅恪、朱光潜那样。对于一个家庭而言，如果它能付得起相应的成本，就不要强迫孩子尽早定下专业，和尽快毕业去赚钱。一个学校也是如此，如果它能有足够的条件和声誉，主要为社会培养精英人才和领袖人物，也要为同学们的知识金字塔，设计出更加宽阔牢靠的底座。尽管这样做会耗费更多的成本，但只有等未来的领袖人物上岗以后，才会以他们的眼界、心胸和追求来证明，其自幼打下的相对坚实的童子功，也许是全社会花得最值的教育投资。

记　但对于全社会而言，毕竟不可能为此无限透支吧？

刘　也正因为这样，对于教育体制的设计，就更不能一概而论。实际上，当年一刀切地要求文理分科，和现在又似乎要一锅煮地取消这种分科，是基于同样的思维方式。说得不客气，如果你自己缺乏相应的创新智慧，为什么还不放开别人的手脚，多给民间一些办学的自主性，也多给学生一些尝试才能的选项——比如借鉴德国的某些做法，这一边是较晚分科的升学序列，从高级中学到综合大学，那一边则是较早分科的序列，从普通中学到高等技术学校？要知道，马克思的理想固然伟大，但也同样需要伟大的成本，要是尚不能为全社会普遍支付"各取所需"的教育成本，那么相对于批判家和政治家来说，就算渔夫、猎手、牧人的视野和趣味，一时还不能拓展到博雅的程度，其危害的程度也终究要小一些。

记 说到教育体制的多样性，我发现，眼下论辩双方都喜欢引用国外经验，比如美国不分科，法国分文、理、经济三科，日本和俄罗斯在高二分科等等。这一方面当然是有益的参考，但另一方面是否也存在误区？当我们对各式各样的国情，甚至教学内容、方法都并不能一一辨析时，空谈形式上的同与异，有何意义？

刘 由此就看出所谓意见和论证的分别了！意见可以纷纷攘攘，可以眩人耳目，却只能浮泛于表面，而只有理性的论证，才能凭借着深思的力量，探入到问题的内部，寻找到整一的逻辑。事实上，西方国家的教育，也有历史渊源和路径依赖，也有特别的优势所在，和特别的为难之处，因而也会继续调适和改革，也会不断寻找那个原本就很难把握的最佳点。只有能对这一切全都有所把握，还能体会其中的甘苦与得失，才能发现其中的一贯之道，而不会像现在这样，简直是闯到了眼花缭乱的成衣店里，弄不清到底哪一款适合自己了。

记 目前还有一种观点，和主张延迟分科正相反，认为中学较早的文理分科不失为一种良性选择。其理由是，对在某一方面有天分的人，可以让他们把这方面的特长发挥到极致，有更多时间增长自己感兴趣的知识；至于全面素质提高，可以是个人今后发展的事情。

刘　刚才使用过"金字塔"这个比喻，而你现在引述的这种设计，则可以算是一种"倒金字塔"了，它的不稳定是显而易见的。如果缺乏广泛的外围知识作为铺垫，也不去求助于触类旁通和科际整合，一副先天就狭隘甚至偏执的头脑，怎么可能自由地发展起来？另外，即使作为相当特殊的个案，一个人有可能终生自我教育，把兴趣和心智都逐渐拓宽，但那也不能作为一种理由，去搪塞教育机构的普遍责任，它毕竟要面对具有统计学意义的数字。

记　还是接着"金字塔"的比喻来说吧。你的意思是说，越宽阔的知识底座，就越能限制现代分科与分工的负面效应。那么，能够提供这种底座的教育，也就是所谓的通识教育吧？你又说不仅要研究病理，也要研究药理，那么通识教育的内在药理是什么呢？

刘　寻常所说的通识教育以及博雅教育，此外还有自由教育、甚至解放教育（我本人的极端译法），其实全都译自同一个外来的说法，即 liberal arts education。人们常就这些译名争执不下，然而照我看来，他们举出的理由正好说明，在所谓 liberal arts education 的说法背后，原本就多元包容和并存着诸如通识、博雅、自由和解放等含义，而这些纷然杂陈又缺一不可的义项，又正是在语义的漂浮中产生的。由此可知，跟那个很温和的博雅概念连在一起的，和那个很博学的通识概念连在一起的，其实正是自由的精神，强调自主思考、大胆创造、独立判断，和个人的道义责任，由此就造成了精神的解放！

记　就是说，这场文理分科之辩中，许多人对通识教育的理解和言说，包括你那个"杨振宁加唐诗三百首"的形容，不仅远不能解释通识教育，甚至是极为有害地遮蔽了其精神实质？

刘　呵呵，那只是我信手拈来的一个比喻罢了。如果杨振宁这个形象，还可以相对完整地代表理科知识，那么"唐诗三百首"这个形象，则远不能完整地代表文科知识。可惜的是，在一个由技术官僚来主导的社会中，对于文科的这种片面理解，还真不能说是少数例外。如果说，跟刚才那一串词汇，即通识、博雅、自由和解放连在一起的，是这样一种精神发展的逻辑——由日渐拓宽的世界视野，和日渐丰富的文化素养，而获得人类境况的全面把握，以及基于这种同情性了解所激起的伦理责任，那么，尤其在当今的社会中，则主要是由于文科知识的缺失，而妨碍了大多数心智沿着这样的阶梯攀升。

记　那么，你所理解的完整意义上的文科，应当包括哪些内容呢？

刘 跟所有其他的概念一样，文科的概念也是在不断变迁的，并且一直在与外界的对比中重新定义自己。即使在最通常的理解中，文科也是跟理工科相对而言的，所以这显然是一个现代概念，并非仅仅指传统文化。由此可见，我们不能笼统地谈论文理分科，还更因为我们原本就不能笼统地谈论文科。比如，毛泽东在"文革"中发出过这样的最新指示——"大学还是要办的，我这里主要说的是理工科大学还要办"，他在这里所排斥的文科，跟我们现在所说的文科，意思就有很大的不同。

记 说到那个时代，当时被取消掉的，比如政治学、法学、社会学、人类学等，恰恰是如今文科中的显学。而如今称作人文学科的文史哲，当时虽然保留了下来，也难有堪称学术性的展开。由此看来，文科这个概念，人们虽然到处在随便使用，但他们说的未必是一回事。

刘 然而在处理文理分科问题的时候，这又是最需要澄清的。如果还是"文革"时代所理解的那种文科，那么休要讲毛泽东在抵制了，就连我本人也要抵制它，而这样一来，取消文理分科的举措不仅没有什么积极意义，哪怕全民都不学文科，也不会有多大损失。我们经常能见到，凡是浸习于那类教育内容的人，心态和学识都会超常地褊狭，甚至直到现在，都会本能地反对改革开放！

记 如果是刚才谈到的作为自由教育的文科呢？

刘　如果是这样的文科，情况正好就掉转过来了，休说那些将来要研修文科学术的人，就是那些毕生要从事理科研究的人，也是先来多受一些文科知识的滋润才好！那样的话，他就会存养出一种研究的心态——从怀疑的精神、大胆的联想，到道义的责任和思考的动力。经常听到这样的抱怨，说中国学生虽然考试成绩突出，却天然拙于提出问题和解决问题，但人们也许没有领悟到，这正反映了我们文科教育的失败！

记　看来把中国的中学教育乃至大学教育的弊端，简单归咎于文理分科，还是一种不求甚解的做法。不过，对于那些急于进行操作的人来说，我们现在的这一番谈古论今，是否会显得迂远了一些？

刘　其实恰恰会切中要害！实际上，只有在既认清了病根，又研究了药理之后，才有可能真正对症下药。一旦达到了这种认识，再来面对那种"非此即彼"的问题——高中阶段究竟应该继续保留还是取消文理分科？人们就会不屑于进行电视抢答了。相反，他们会一脚把球再给踢回去——要我们回答这样的问题，就必须首先告诉我们：在做出文理不再分科的改革之后，还有没有下一步的配套举措，哪怕只有一个配套的临时腹稿也罢！

记　你这么一说，恐怕真是碰到目前拟议中甚至是正在施行的不少所谓改革措施的要害了。比如就曾有教育专家自信满满地提醒公众：这次的《规划纲要》，前面有"改革与发展"来定义，注意，是把改革放在前头！我记得你对改革与守旧，尤其是教育领域的改革有过专门的分析。

刘　你是指我最近发表的那段话吧？——"如果这种行为从一开始就定错了目标，或者更有甚者，如果这种行为从一开始就没有定下目标，只是随波逐流地走一步算一步，那是完全是有可能'摸着石头过不了河'的！"

记　根据规划纲要工作小组收集到的信息，目前意见呈现两极化：高中学生和家长赞成维持现状的多，高中教师也多数赞成维持现状；而大学教师和一些教育研究者则赞成取消分科。即当事者赞成维持现状，旁观者主张取消文理分科。你如何评价这种意见的分化？

刘　这种分化当然在意料之中，一边是从应考的现实出发，另一边则从教育的理念出发。然而，正如我们开宗明义就指出的，这样一种要么简单反对、要么简单支持的立场，还是向上峰提供对策的被动做派。实际上，基于上面进行的分析，更实事求是也更眼光长远的回答，理应是这样的：如果此项改革预示着一整套系统工程，而接踵而来的改革还会推出，那么当然应该全力支持。这意味着，社会上主导性的文科概念将会大大改进，不仅包括更新了内容的人文学科（文学、史学、哲学）的内容，也将包括当今人类社会不可须臾稍离的社会科学（政治学、法学、社会学、人类学）。这样的改革举措，必将造福于子孙后代，因为作为未来社会基础的公民文化，就将从我们的教育内容中呼之欲出！

记　恐怕事态不会发展到你所畅想的那么远吧？

刘　然而改革，哪怕是仅仅一小步的改革，也都是需要远见的！不管改革者是否清醒意识到了，他所发动的社会工程，都势必是一项系统工程，也就是说，无论在事后被动接受，还是在事前主动争取，后边那些多米诺骨牌，肯定还是要一张张倒下的。在这个意义上，改革事业就不能光是跟着触觉走，甚至不能光是跟着感觉走，而要在心中有一张理性的轮廓，哪怕这张蓝图随着事态的发展，总要不断修正和调整。

记　这是不是意味着，如果你所希望的那种更新文科概念的配套举措尚不在议程之内，那我们还不如不要采取急切的措施，不要急于一锅煮地把高中文理分科取消掉？

刘　还是要具体问题具体分析。改革既是一门科学，又是一门艺术。前者意味着，对于改革成本是可以估算的，如果一项举措虽有些微的收益，其成本仍然大于收益，那显然就会得不偿失了。后者意味着，应当学会像下棋一样多看几步，要是手中这招看似无关紧要的闲棋，虽未挑明必会带来一套组合拳，却势必诱导出步步紧逼的积极发展，这就是值得尝试的。不过，九九归一，在改革过程中最怕的就是鼠目寸光，不管有意还是无意，总是视而不见这项事业的系统性和总体性——要知道，正如政治体制改革不能被简化为行政体制改革，否则就会徒劳无益一样，现在这种取消文理分科的设想，只能当成进一步推动文科改革的动力，否则不仅不会得到多少好处，原有的弊端还会被放大！

记　怎么会这样呢？

刘　我们已经反复讲过了博雅教育的意义，可知过多和过早地偏科于数理化，肯定是有其负面效应的。以前有一句俗语："学会数理化，走遍天下都不怕。"现在可以把它改正成"光学数理化，走到哪里都褊狭。"然而，话说回来，现行的理科知识至少还有一个用处，那就是如果以此为标准进行考试，要比用现行的文科内容更能验出智商，而不是单纯的背诵功夫。也正因为这样，尽管有很大的局限性，但一直作为大热门的理科考场，总还能甄选出智商相对较高的学生，让他们作为科学技术的后备军，投入到经济的腾飞中去，支撑了中国的现代化事业。由此就必须单刀直入地挑明：如果在文理分科取消以后，还是一如既往地传授现在这样落后的文科，从教材到师资、从主旨到方法，都不能有显著的改善，那么这样的改革就等于是，又把以往至少还可以部分避免那些落后文科内容的考生，逼上了死记硬背的绝路，而他们如果实在是背不下去，也就只有放弃升学和深造。这样一来，物质资源的浪费倒在其次，关键是很可能反而浪费了宝贵的人才资源啊！

记 看来这个问题还真得费点斟酌啊！

刘 那可不是！为此我最后要来提示一下：如果两种政策都不怎么好，那么在一般情况下，旧的不好都要好过新的不好。这是为什么呢？——是因为旧的不好尽管一上来也同样不好，也造成过很多弊端和阵痛，然而历史主体却是活生生的，他们会在不断试错的经验世界里，逐渐摸清如何抑制（或部分抑制）它的坏处，甚至经过创造性转化和诠释，反而能悄悄地变害为利。我把这种经验主义意义上的变化，看成在社会的自然磨合过程中，不经意出现的暗自体现着群体智慧的代偿机制。而正由于这样的代偿机制，在以往的历史进程中，乃是司空见惯的常事，我们就必须从心里明确：只要是一刀切的有意识行为，特别是来自上方的生硬行为，往往天然就带有负面的效应，要求我们必须谨慎再谨慎！因此，如果暂时还没有看准病症，那么先让病人去施行保守疗法，至少比忙不迭地要给他开刀放血，更让人放心一些。说实在的，以往由于干点事太费劲，麻烦事往往都是拒不改革造成的；而现在，改革已成为主流意识形态，天然就属于政治正确，所以更多的麻烦事，反而都是由于匆忙改革和胡乱改革造成的了！

2009 年 3 月 13 日

冰点：忧思大学

一

审读几部忧患当代大学命运的译稿时，偏偏赶上国家电视台的哪个频道，也正连篇累牍地播放着宣传国外知名学府的系列节目——照例是一路的天花乱坠，仿佛下界仰望着天国。

这种漫无边际的追捧，首先引起我关注的还不是它那骨子里迎合了强烈牟利动机的学店做派，而是装潢在其表面的、很少引起公众怀疑的神圣性。就冲这种煞有介事的神圣性，我简直有些不忍地念及：在这个空空如也的时代、这个无所遮蔽的世道，就别再去撕破家长们仅存的虔诚了吧？试想，除了大学、重点大学乃至于海外著名大学这种拾级而上的现代殿堂，他们还能想出什么更庄严的所在，来砥砺自家小孩子苦其心志呢？

我甚至还愿意宽容地理解：在大众的心理中，大学这般地受到迷信，又不光因其在理想的维度中，曾经充填了少年时代的童稚幻想，还更因其在现实的层面中，往往构成了人生履历的实际转折。借助于现代高等教育机构跟整个社会权力结构的共谋关系，任何一个跃过这道龙门的人，都有可能得到一次真正的提拔，从此好官得做，骏马任骑。正因为如此，一代又一代的校友们，天然地就会充当母校的终身粉丝，这里既有心理学的基础，也有社会学的考量。

要是事情仅限于此，一切都还算罢了。不过，要是这类神话并非来自大众传媒，而是来自我们学院的内部，把一个寻常吃喝拉撒的所在，说成是"到处莺歌燕舞"的庙堂，那就叫人很难忍受了。正好比遭遇到一位私心过重的寺院住持，老在那里不遗余力地公关，煽动别人往自己的荷包里进香。尤其是，一旦谈到海外的名牌大学，最怕的就是那些学成（甚至半成）归来的留学生，学着母校招生手册的宣传口径，把别人的往好里说也只是指望将来能够实现的目标，鼓吹成了板上钉钉的事实。由此一来，仅仅因为个别人物对于蝇头小利的贪图，而揣着明白装糊涂，整个的改革方向就被弄得模糊不清了。

孩子们长大后自会晓得：即使出息成了大学教授，也很难一味清高地过活，仍要身陷于章鱼吸盘般的体制中，仍要属于吃拿官饷的工薪阶层。由此说来，如果只从利己的立场算计，既然在俗常的神话中，这高楼深院已被说得仙境一般，那么索性假冒一回得道的神仙，而乐得自在快活，又有何妨？正是缘此，我们才可以理解，为什么在国内的书市上，到处都充斥着宣扬大学之道、大学理念、大学作为之类的豪迈图书。那些作者的口气，总显得那么成竹在胸——把胸口挺得满满当当，连半点儿困惑也装不下了！

然而，尽管不能全然自由漂浮，大学教授作为知识分子，总还要保留以批判为业的一面吧？否则这个阶层就会彻底沦为社会的盲肠，就会变得生不如死。正因为这一点，只要稍微环顾一下海外的书市，我们就不难发现，恰恰是围绕着作为大众神话的高等教育，特别是那些被吹得神乎其神的国际知名学府，我们的海外同行，反而发出了广泛而持续的批判。

具有讽刺意味的是，哈佛大学前校长德里克·博克的一本近著，英文标题原为《我们未尽潜能的学院》(*Our Underachieving Colleges*)，没承想这本书的中译本，或是受思想惯性的制约，又把它硬改成《回归大学之道》，不光连一个字都没有对上，反把作者原有的一层检讨的意思，粉饰得干干净净，足见所谓"大学之道"的套话，竟是何等的顽固，何等的媚俗，何等的误导！

我们在国外的同行，并没有习惯于这么可着劲儿自吹。恰恰相反，他们干脆就耻于宣喻什么"大学之道"，而宁可"卖瓜的不说瓜甜"，径直表达出心中的大学之忧。说到这里，我们就真该相互对照一下了：究竟哪边的情况才稍属正常一点？总听见人们嚷嚷着，要学习国际先进文化，要争创国际一流大学，怎么没见到先在广开言路方面，引进一点国外校园里不可或缺的活跃风气？

幸而，我们在思想的宽容度上，总算还保有一个例外——那还要数我目前任教的这所学校。拜民初流传下来的（虽已相当残缺的）传统之赐，如今大约也只有在这所学校里，要是你果真感到了刺痛，才敢扯着嗓子真把伤害给喊出来。眼下回想起来，6年前那场有关北大改革的争论，看似"说了也白说"，却并不是毫无遗产的：它就此激活了有关大学命运的普遍忧思。以往，大学里的种种规则和潜规则，打我们来此求学的第一天起，就被视作了天经地义，正所谓理解的要执行，不理解的也要执行；即使后来毕生留存于此，做了一辈子的学术研究，大家好像也未曾想到，要把它本身当作批判研究的对象。可自那以后，正如只有在严重污染的大气中，周遭的空气才更被关切一样，人们逐渐被惊醒了——发现必须睁大眼睛，去警惕种种恣意乱来的改革！

真的，当今多数的败家行为，都是打着"改革"旗号来进行的。这不由使人回想起，其实当年把 reform 一词译成"改良"时，这个字眼还受到过激进主义的猛烈批判。可晚近以来，在主流意识形态支配下，这个词的中文对称，天然就属于政治正确，只能意味着改良或改好。而殊不知，所谓 reform，无非意味着人为追求的某种变迁，其本身并不曾蕴含价值前提。所以，如果从其历史后效来判断，人们的改革行为，的确是既有可能改良，也有可能改坏和改劣的。说穿了，如果这种行为从一开始就定错了目标，或者更有甚者，如果这种行为从一开始就没有定下目标，只是随波逐流地走一步算一步，那是完全有可能"摸着石头过不了河"的！

我曾撰写过一篇《保护大学生态》，因为忍不住要向人们提醒：决不可只顾兜售经济学的丛林原则，而毒化了校园里超越功利的研讨氛围。

还是那位哈佛大学前校长德里克·博克，他曾经当作黑色幽默构想出来一串噩梦：

> 当我请求至少可以解决我们的财政困难的方案时，我的金融家校友带回给我一个大胆的想法。他说，我应当允许各公司（出价）在哈佛做广告，将公司的标识打上教学大纲和教材，在教室里张贴广告，在商学院的工作日程中向入学学生进行推销，并把经商活动囊括到我们所有的电视或网络课程中。我由于害怕引起资深教授造反而回绝了这项建议，我的财务顾问对此显然很恼怒。不过，第二天夜里他又回来了，带来了一个最终的建议，以免我由于未能及时还贷而在公众面前丢脸。他说，我只需这么做——同意取消最后100名哈佛本科生的入学资格，改把它们拍卖给出价最高的人。

如今翻着往日留下的书签去检索这段引文，我才发觉，在我们大家的日常经验中，沿着市场原教旨主义的逻辑，噩梦和现实的边界已经相当模糊了，比如前些时爆出的浙大教授包伟民由于交不起助研经费而放弃招收博士生的故事，其荒唐的程度就绝对不下于这个噩梦。

二

在《保护大学生态》那篇文章中，我曾经表达过某种守旧情调："我在这里要一反俗见地进行提醒：其实比任何改革都更加要紧的是，（北大）这所学校首先需要的毋宁是保守，是对于传统学术生态的最为精心的环境保护！"

的确，怀旧本身就有可能是一种力量，例如无论在什么时候，在任何情况下，只要在这所校园里提到蔡元培的名字，都至少会感到一种制衡。不过，此后的事态发展，以及伴随着这些事态而来的、不厌其烦却又于事无补的老生常谈，却又在另一方面提醒了我——我们必须警惕这样的陷阱：一旦谈论起大学来，哪怕姿态最激进的学者，都会随手掏出一套喋喋不休的怀旧说辞来，似乎这种教育机构最初在理性的设计下，确曾享有过某种莫须有的黄金岁月，而此后便只能是无可挽回的堕落了。

尤其在所谓大学理念的问题上，情况更加严重。大家早已见惯不怪的是，一旦谈论起大学来，即使是那些自称从没把自由主义价值放在眼里的学者，也马上要祭起所谓 liberal arts education 的大旗，而忘了无论借着它的历史语境而把这个英文表达发挥成博雅教育还是通识教育，其实都掩盖不了它原初最结实的本意——自由教育。同样讽刺的是，一旦谈论起大学来，即使是那些自称最反感抗拒西方霸权的学者，也马上要端出约翰·纽曼的大学理念来，而忘了那位英国红衣主教原本只认定大学的使命是要在罗马天主教的精神之内提供知识，故而预埋了强烈而褊狭的西方文化之根。文明对纽曼而言，几乎没有超出地中海世界的疆域与文化。

从思想方法上说，凡此种种都显然是忽略了下述要害：西方文明的演进史，包括其不断演变的教育史，究竟是一种开放的、偶发的和多元的进路，还是仅仅为某种恒准单一之理念的前定展开？从而，liberal education 究竟是从创世之初，就已然先行确立的普适恒常的文明理式，还是经过长期历史斗争和利益博弈才产生出来的解决方案？进而，考虑到不断分工、科层和分化的人类现状，以及施行 liberal education 的昂贵成本，这种教育究竟是普适于整个社会还是专属于绅士阶层？最后，尽管这种自由教育看起来似乎相当靠近西方的理想，但它自身究竟还有没有被哪怕是扬弃式发展的余地？……

正因为这样，必须警惕这样一种本质主义的倾向：一旦谈论起大学，总是贪图省事不假思索地以不变应万变——误以为只要从西方文明的源头略加寻索，就准能在那里找到必然预制好的万应良药来；甚至，即使很显然当代西方本身在教育实践中已经把那些理念弃而不用了，也仍然刻舟求剑地认为：只要能坚持表现得比西方还要西方，就一定会医治好当代中国的大学。

就像一个黑漆漆的三岔口，人们甚至都不打算弄清挑战来自何方，就摆出招式伸出拳脚想要应战。也就是说，他们根本没有认真考察过别人究竟遭遇到了怎样的当代忧虑，以及究竟是沿着什么样的历史线索，才引发出了今天的这番忧虑，就基于其先入为主的西学崇拜，而张扬起别人已被瓦解的早年理想了——充其量到头来也再只能基于这种遥远的理想，捎带着也埋怨一下莫名其妙的西方竟也能今不如昔。这样隔靴搔痒的空疏议论，姑妄听之也就罢了，要是真想用来祛疾伐病，那还不耽误了大事！

三

在我看来，与其从西方的图书中引进迂远的大学之道，倒不如从中引进切近的大学之忧。首先要谈的是克拉克·克尔的《大学之用》（ *The Uses of the University* ）。加州大学前校长的这本书，数十年中不断地翻印，至 2003 年已是第五版，在美国的大学史中既可以算作名声最坏的箭靶，又可以算作最绕不过去的路碑。

此书的历史描述中，分别以现代大学演变的三个阶段，来对应其存在状态的三种模式——也即早先的英国模式、此后的德国模式，和晚近的美国模式；或者干脆不妨说，是近代的纽曼模式、现代的洪堡模式，和当代的克尔模式。

把"大学的理念"表达得最好的或许是红衣主教纽曼在一个多世纪以前从事建立都柏林大学时所说的话。他的观点反映了当时他所在的牛津大学。红衣主教纽曼写道，一个大学是"一切知识与科学、事实与原则、探究与发现、实验与思辨的至高保护力；它划出才智的领域，使任何一方既不侵犯也不投降"。他赞成"博雅知识"（liberal knowledge），说有用的知识是"一堆糟粕"。

这种高雅的信条对我们来说，尽管从未普遍施行过，却是最为耳熟能详的。我们甚至不难猜想，当蔡元培把大学定义为"研究高深学问者也"时，当他认定"治学者可谓之'大学'，治术者可谓之'高等专门学校'"时，当他把原属北大的工科放逐到北洋大学时，我们的老校长心中念兹在兹的，大体上也正是类似的理念。也许正因为这样，如今在坊间才会到处都在复述它的教义，觉得这反正是最不会出错的。然而却没想到，克尔旋即就向我们指出，恰在纽曼以其熟知的牛津大学为底本，美轮美奂地描绘着大学的英国模式的同时，这种模式实则已经行将被德国模式覆盖了：

> 很清楚，1930年时"大学已经发生了深远的变化——通常朝着它们所参与的社会演变的方向"。这种演变使系科成为大学，出现新的系科；越来越多的研究所出现了；成立了巨大的研究型图书馆；把进行思索的哲学家变成实验室里或者图书馆书库里的研究者；从专业人员手里取来的

药物交给科学家之手；等等。不是关心学生个体，而是关注社会的需要，不是纽曼的"自然规律的永恒真实性"，而是新事物的发现；不是多面手，而是专门家。在弗莱克纳斯的话里，大学成为"一个有意识地致力于追求知识、解决问题、鉴别成就以及培训真正高水平人才的机构"。一个人不再可能"精通一切"——纽曼的万能通才人物一去不复返了。

如果你愿意坚守原有的价值，当然有理由指斥这种变异，认为它不是上升反而是坠落，偏离了通识教育的树人方向。不过，历史无可争辩的另一面却是，德国的国力居然因此而大大增强了。正如哈佛文理学院前院长柯伟林最近在一篇文章中所描述的："在大约一个世纪之前，当中国着手放弃那个迟至18世纪仍被西方人看作是使中国成为教化大国和启蒙先锋的古代科举制度的时候，几乎所有世界上的顶尖大学都在德国，它们是德国19世纪伟大高等教育改革的产物。"

尤有甚者，历史之江河日下的变化速率，还有更加教人瞠目结舌的：接下来克尔又笔锋一转，充满戏剧性地指出——"正当弗莱克斯纳写到'现代大学'的时候，它却又不存在了。洪堡的柏林大学正在被玷污，就像柏林大学曾经玷污牛津大学的灵魂那样！"

到了 1930 年，美国的大学已经远远脱离了弗莱克斯纳的"以文理科研究生院为中心的、有坚实专科学院（在美国主要是医学院和法学院）及某些研究所"的"现代大学"。它们正越来越不像"真正的大学"——所谓"真正的大学"，弗莱克斯纳指的是"一种以崇高的、明确的宗旨和以精神与目的的统一为特点的机体"。当弗莱克斯纳在 1930 年写到"现代大学"时，现代大学已经几乎死亡，就像老牛津大学在 1852 年被纽曼理想化时那样。历史发展快于观察家的手笔。古代经典和神学以及德国的哲学家和科学家都不能为真正现代的大学——巨型大学（multiversity）——定下调子。

上文中的 multiversity 一词，据说是克尔自创的说法，曾在中文里被译为巨型大学、多科大学、多元化巨型大学，甚至是综集大学，似乎都还嫌不够到位。不过，这里至少可以借助实际执掌过大学的香港学者金耀基的大段综述，来大体把握这种 multiversity 的基本特征：

当代的美国大学，如克尔所指出，早已越出了德、英的模式，而发展出自我的性格。美国的大学狂热地求新，求适应社会之变，求赶上时代，大学已经彻底地参与社会中去。由于知识的爆炸及社会各业发展对知识之倚赖与需要，大学已成为"知识工业"（knowledge industry）之重地。学术与市场已经结合，大学已自觉不自觉地成为社会的"服务站"。象牙塔内与象牙塔外的界线越来越淡漠，甚至泯灭了。大学内部则学生可以多达五六万，甚至十万以上；学术之专化更是惊人，如整个加州大学课程之多竟达一万门之数，不但隔行如隔山，即使同行的人也是无法做有意义的交流。而教授之用心着力所在多系研究，教学则越来越被忽视。教授的忠诚对象已不是大学，毋宁是支持他研究的福特基金会、西屋公司或华盛顿。一个教授所关心的不是他隔壁他行的同事的评价，而是其他大学乃至其他国家的大学的同行的评价。大学越来越大，越来越复杂，它的成员已不限于传统的教师、行政人员和学生，还包括许多"非教师"的教学人员（如研究教授），它的组织已不止限于学院（faculty）、书院（college），还包括无数的研究中心、出版社、交换计划中心……它的活动已不止限于研究、教学，还包括对外的咨询，与国外的合作（加州大学的研究计划涉及五十几个国家）等等。总之，在数量、组织、成员、活动各方面，今日美国的大学与以前的大学已大大不同。这种大学的理念及性格与纽曼的构想固然相去十万八千里，与弗莱克斯纳、雅斯贝尔斯的构想也迥然有别。克尔认为纽曼心目中的大学只是一"乡村"，弗莱克斯纳心目中的大学也只是一"市镇"，而当代的大学则是

——五光十色的"城市"了。(金耀基:《大学之理念》)

这不是更加礼崩乐坏，更加杂乱无序，更加不成体统了么？只要愿意，你当然也有理由这么说。然而你同样要留意，明摆着的另一面却又是，就在它们焚琴煮鹤地舍弃了如此可爱的"鱼"的同时，务求实用效果的当代美国大学，偏又令人艳羡地抓到了如此可欲的"熊掌"！让我们再来听听每年公布的诺贝尔奖名单，查查每年发表的全球大学排行榜，数数拥有各个学科之顶尖教授的数量，看看过江之鲫一般排在使馆前等待签证的留美预备生，瞧瞧美国名牌大学所能提供的校园、设备和待遇……又有哪一样不让别国的大学校长眼红得出血？由此你总应该平心地承认，哪怕所有这些成功都有局限，所有这些获得都要付出代价，但成功终归还要属于成功吧？

再来盘点一下如此令人目眩的变迁。克尔笔下那个与传统指向渐行渐远的钟摆，大约是划出了这样的偏转弧线：

重心究竟在于培养学生，还是由教师进行研究示范？

学生究竟应当被教导成完人，还是被培训成技术性专才？

范围究竟要旁及到博雅通识，还是锁定在偏科发展？

检验标准究竟是教学效果，还是承揽科研项目的数目？

教授地位取决于学术水准，还是资金募集的能力？

氛围究竟应当尽量超脱，还是鼓励功利与实用？

校园究竟应当单纯而寂静，还是显得嘈杂而活跃？

规模究竟应当有所控制，还是能发展多大就多大？

学校究竟属于有机社群，还是杂糅而成的知识集市？

大学究竟应当尽量自治，还是密切联系国家与财团？

办学究竟要突出科技发明，还是倚重历史与人文底蕴？

教师应像个探索型的学究，还是管理型的知识老板？

校长应做个学术人格的楷模，还是掌管知识机器的官僚？

应该基于理念去因应外部变化，还是根据外部变化来调适理念？

有趣的是，不管读者是否喜欢这些变化，他们总有可能发现，其实这种似曾相识的滑落，正是每天都发生在自己身边的事情。的确，我在这里也很愿意坦率地承认：诸如此类的归纳总结，也不光是阅读和出访的结果，还同样参验了切近的事实。这也就意味着，尽管召唤大学理念的呼声向来都未绝于耳，然而中国大学的实际发展轨迹，却偏偏是朝着这个老鼠过街的方向伸延的！

那么，事态为什么发展得如此无奈？大学的船队何以会在所有船员都为之惊呼的情况下，仍然驶往那个由克尔率先发现了、可人人都并不想去的方向？其根本的原因，当然还在汹涌于船下的现代化激流。肇始于西方、波及于全球的现代性生活方式，正未有穷期地增强着全世界的社会整合。由此，西方的大学从它的英国模式，一变而为德国模式，再变而为美国模式，并且步步进逼地一再要求非西方国家拷贝它，这本身就是现代性的征兆之一，本身就相当符合现代生活的自身逻辑。如果在由现代消费激发出来的无边物欲的推动下，知识仅仅被看作一种力量，而且科技知识则又被看作第一生产力，那么，大学作为知识的重镇就势必被转化成这种生产力的关键组成部分。由此可见，只要现代性的生活形式继续在主宰我们，传统的大学形式就势必会被不断地突破，直到它发展为美国式的巨型大学，乃至比这种巨型大学还要庞杂的、更加无以名之的大学，以便能够装填入新的能量、呼唤出新的产出，哪怕大学的肚子终将因为过多地吞噬而被撑破！

由此可见，尽管对于通识教育的茫然吁求，无论在美国还是在中国，至少也还不无部分的平衡作用，然而说穿了，如果对这种英国绅士派头的热衷，只不过是出于某种盲人瞎马的激情，或者说得具体点儿，只不过是出于国际大学排行榜上的压力，或者创建所谓"世界一流大学"的动力，那么，这就是在做一件自相矛盾的事，就是在南辕北辙地白费劲儿！在我看来，在当下的紧迫国际情势下，既然也只有指望在现代化的急行军中，借助于民族国家的强大整合力量，来既发展大学本身的事业，也转而反馈出更大的国际竞争力，那么，中国的大学——特别是它的顶尖大学——就不可避免地将要变形再变形，即使这种蜕变的历程充满阵痛和争议。由此说来，对于当今大学的实际操作者而言，与其去设定一个明知不能实现的空洞目标，倒不如实实在在地向公众讲明：至少从这个历史时期来看，这是我们必须承受的苦痛。

四

不妨再来看看所谓"一流大学"这个流行的概念。加拿大蒙特利尔大学教授比尔·雷丁斯在其所著《废墟中的大学》（*The university in Ruins*）一书中，充满洞见地对"一流大学"进行了批判性的揭示。

跟克尔笔下那头惹得人人生厌的巨怪（所谓"巨型大学"）不同，人们或许要问，怎么"一流大学"又招谁惹谁了？瞧我们现在，校方不正是在把"争创一流"当作军令状么？部里不正是把"是否入流"当作验查标准么？

原来，按照雷丁斯的说法，在一切坚固之物皆已烟消云散的今天，"一流"这个空洞的说法之所以会被推行为普遍的标准，逼使各大学乃至各系科都争相向它靠拢，恰恰是因为这个标准，掏开一看根本就是空空如也的！"一流不是一个确定的判断标准，而是一个尺度，它的意义依附于其他事物。用一流飞机的标准评价一只一流的小船，这小船就称不上一流。所以，说一流是个标准就等于说，委员会决不会出台用于评价的标准。"

雷丁斯还形容说，"一流"这样一个空洞的能指，在一个封闭的范围里实际起到了货币单位的作用。这便使我们领悟到，唯其当一个验查标准的内涵趋于无穷小时，它的外延才可能趋于无穷大，才有可能囊括天下万物，从而在林林总总的本国大学之间，进而在更加千差万别的各国大学之间，建立起抽象的虚拟的量化可比性。由此就干脆让我们满足一下好奇心吧：看看如此煎熬各国校长的大学排名，到底是怎样炮制出来的：

> 一流是通用的等级标准。由各种不同的内容所做的各种分类，如学生类型、班级的大小、资金情况、馆藏量等，都可放到一起，用一流这个唯一的标准来衡量……学生类型的划分标准是入学分数（越高越好）、学习过程中每学年的平均分数（越高越好）、非本州学生的数量（多为好）、标准时间期限内毕业率（达到正常标准是好事）。班级的大小和质量是以师生比（应该低）和终身制教师与兼职或研究生助教（应该高）的比例为标准。对教师队伍的评价是看具有博士学位的数量、获奖者的数量、获得联邦奖金的数量和次数，所有这些都被认为是价值的标志。"资金"类评价是以大学财政是否健康为标准，如用于日常费用、学生服务和奖学金支出的预算的比例是否合理。馆藏量是以学生人均占有图书量、大学财政预算里图书馆所占的百分比以及图书馆预算中用于购买新书的比例为标准。最后一项是声望，它把本校校友进入高级大学官员调查表的数量和在加拿大各大型公司担任首席执行官的数量结合起来作为衡量标准。一流的最终标准是把各个数字的比例结合起来：学生占20％，班级的大小占18％，教师占20％，资金

占 10%，图书馆占 12%，声望占 20%。

然而，如此机械死板的通分方式，或者说，如此诱惑人们去大做表面文章的量化标准，到底能在多大程度上照顾到各大学的实际长短呢？比如，考虑到当今图书市场和答辩会场的种种病态，我们不禁要问：如果一所大学新近购置的图书大多都是印刷垃圾怎么办？如果一所大学由于片面追求教师的博士率而招纳了大量的庸才又怎么办？再比如，对比一下被公认为中华民族之光的西南联大，我们又不禁要问：那一所如果根据上述标准无疑要敬陪末座的战时大学，究竟是应当本身感到无地自容呢，还是反过来认为，这种形式主义排行榜的设计者应该下课？

基于一连串的追问，雷丁斯深怀激愤地写道，如果大学在市场的压力下，完全屈从于这种来自"一流"标准的量化，那它就跟寻常企业再没什么两样了，而它的学生也不再是传统意义上的求学者，而只是光临学店的现代顾客。同样，如果大学在排行榜的压力下，一门心思去攀爬朝向一流的阶梯，这个空洞的标准也会逐渐抽空大学的内涵，直至世间压根儿就不再有大学这回事！

当代的大学究竟何以沦落至此呢？按照雷丁斯的逻辑，似乎并不难于料想，他大概会沿着其独特的理路——康德的理性概念、洪堡的文化概念、现在的争创一流的技术—官僚体系观念，这一"大学三段论"去追根溯源，把大学衰败的原因归咎于民族国家与民族文化的式微。

这样的判断固然有作者的观察作为支撑，他也明确提示过自己观察范围的局限性（"我关注的是西方某种关于大学的观念"）。可即使这样，我还是忍不住要多说一句：雷丁斯肯定是没能把中国的情况考虑在内！事实上，正如中国体育界刚刚震惊世界的"金牌战略"一样，同样在"争创一流"的中国大学教育，其表现刚好跟雷丁斯的概括擦肩而过：反而是民族国家整合能力的加强——而非它的衰落——才会作为难以抗拒的动力，来强力推行"一流大学"的模式，并就此催生出各种各样千奇百怪的数据报表来，而且还通过这种势必要忽略内容差异的量化形式，来加速涤除各个学校在历史中形成的任何特色或特长。

五

在这个世界上，既存在着专属于校长们的大学形象，那很可能表现为施展抱负的舞台，或者无非是个官位的基座；也存在着专属于教授们的大学形象，那很可能表现为追求理念的阶梯，或者仅仅是个颐养天年的饭碗；更存在着专属于学生们的大学形象，那很可能表现为精神的炼狱，或者仅仅是个混得学位的乐园；甚至，还存在着专属于落榜考生的大学形象，乃至落榜考生家长的大学形象；甚至，还存在着专属于回忆者的大学形象，乃至历史学家的大学形象；甚至，还存在着专属于西方的大学形象，乃至各个非西方文明的大学形象……

作为一位教授，特别是一位人文学科的教授，尽管已经明确意识到了自身的局限性，我还要再重申一下个人的关切要点。大学功能的多元化和开放性，使得人们在步入大学之后，除了有可能被精神的向度所感召，当然也有可能被其他东西所干扰。而在所有的干扰之中，又有两种丛林原则最容易遮蔽住梦想：其一是学院政治，其二是学院经济。意识到这种严酷的现实，那当然不是什么罪过，它还有可能帮你在并非天堂的环境中，活得更清醒更踏实。不过，要是你由此就误以为，其实大学机构的全部意义，也都大抵不出此类政治或经济活动，那你就注定要买椟还珠，注定要白来大学一遭，注定要虚掷自己的生命。无论如何，人类文明之所以要设计和维护大学这样一种文化形式，毕竟还是因为人类自有其精神的追求，所以说到底，只要大学还不甘心退化成可有可无的盲肠，那么它与其说是在受到丛林原则的无情制约，倒不如说它是在残酷的丛林中仍然坚持维护着人类的尊严。

时隔 80 年的香火传承

正如余英时教授在他的贺信中所说，老的清华国学院是1929 年结束的，而时隔 80 年后，它又从劫灰中"浴火重生"了。

的确，历史的断档耐人寻味。清华国学院从 1925 年成立到1928 年解散，在历史舞台上只存在过短短四年。我想，当时的人们恐怕并未完全意识到它的重要性，否则就不会投票赞成解散了。然而断档并不意味着空白，正是毕业于清华国学院的那些前辈，以此后辉煌的学术履历证明了，这个学府在现代中国的教育史、学术史和文化史等方面，有着极其深远的影响，甚至从一定意义上说，可以被追溯为当代文科学术的重要源头。

清华国学院的重振，肯定和近来国学广受欢迎的宏观环境有关。如果国学在前一个多世纪的衰落，是跟国步艰难连在一起，那么，一旦我们的国运正在和平崛起，国学的再度兴旺自然是可以期待的。可无论如何，国学不应只出现在电视中，也应走进学理研讨班，不仅可以具有娱乐性，更要显示出严肃性，不仅具有某种商业价值，更应显示出学术品格。基于这样的考虑，清华做出今天的举措，可以说正是时候！事实上，在本校恢复国学院之前，已有几所兄弟院校建立了类似的机构，它们或着手整理基本典籍，或普及基本知识，或从某一侧面展开探究，都在为国学发展尽一份力。这种局面自然也刺激了清华去回想自己那段最为辉煌的历史和传统。

一方面，我们当然是在从头做起。历史不可能简单地重复。必须看到，初建清华国学院的时候，传统文化虽已遭到重创，但它的文脉还没有断裂，还有很多念书人谙熟经典，更重要的是，当时的社会风习还服膺经典。正因为这样，只怕当时无论办什么研究院，都没有办国学研究院方便，只要大纛一立，各方的才俊都会来带艺投师。而现在，财力物力虽非昔日可比，各类学科也早已形成规模，却偏偏只有国学这一行，已经面临着中断失传的危险。

此外，1925年成立的清华国学院，实际上早于清华大学成立，由此自然要为了凝聚师资，而承担培养高端人才的任务。而现在，清华大学早已是国内规模最大的学府，国学院自然无需再走原来的老路，否则无异于堂上架屋，很难跟现行的教务沟通理顺。基于这种考虑，今天的清华国学院，就把自己定位为一个高级研究机构，它将从普林斯顿高等研究院、哥廷根科学研究院与哈佛燕京学社等机构那里，广泛地寻找办院的经验和灵感。与此同时，随着本国国力的逐渐强大，中国也确实应该逐渐建立具有这种水准的研究机构，来使自己的学术文化保有旺盛的创造力。

但我们确实又是在恢复和重建。国学院的前贤们，留下了宝贵的教学经验、丰硕的研究成果和自由的学术精神，举国的学术界都在承继它，我们自己又岂敢自外于它？

听到过很多议论，说清华国学院不过是一种神话。我倒觉得，这种说法本身并没有什么，只要不对"神话"做太过狭隘的理解。当然也不能否认，"神话"一语确实包含一个义项，即幻想与不真实，常用于批评和贬义的评价，使人只要一听到"神话"，就觉得这是一种人为的拔高，是子虚乌有，是荒诞不经。不过，如果你细读有关神话学的论著，你或许会转而想到，其实神话本身是人类思维中最古老、最正常的方式之一。一个人总会有一个玫瑰色的幼年，总爱叙述那些充满神秘色彩的、对自己非同寻常的早年故事。那正好证明了人们的这样一种期望，即便过去不是实然如此，将来也当应然如此！或者说，神话这种思维方式喻指着，就算过去没有做到，未来也必将做到！就此而论，其实只有享有神话的人，才会有心力去建构光明的未来。有意思的是，我刚从北大中文系那边调来，而那个学府在全国人民心中，特别是在孩子们心中，肯定也属于另一种神话，也同样具有类似的积极意义。

当然，也不妨坦荡承认下来：清华国学院确实就是一个神话。稍稍回顾一下，一个只存在过短短四年的教育机构，竟能拥有梁启超、王国维、陈寅恪、赵元任和李济这样的老师，并能培养出像吴其昌、徐中舒、杨鸿烈、周传儒、高亨、姚名达、谢国祯、陆侃如、朱芳圃、戴家祥、王力、姜亮夫与罗根泽这样的学生，恐怕随便你放眼宇内，再没有哪个学府可以做到了吧？甚至，即使像哈佛那样得天独厚的学府，让它只在四年内招收 70个学生，也难以保证就能培养出多达 40 个以上的知名学者！在这个意义上，就算承认清华国学院是个神话，那也一点都不过分。再者说，无论是外乱还是内耗，这个曾像流星那般一耀而过的学院，以及其导师陈寅恪为其导师王国维所写的、如今已是残损斑驳的碑文，都一直在激励着后学们坚持求索，保持操守，守护文化，这难道还不是一个神话吗？

进一步说，面对这个神话，更加需要深思和追问的是：为什么偏偏是当时那些人，他们占有了怎样的契机与条件，才足以创造出这种神话？限于篇幅，在这里只特别指出一条，那就是清华国学院的独特教育模式。回到当时的历史语境，你会发现，清华大学那时还没有建立，而这就反讽地意味着，所有现代大学教育模式所带来的好处和坏处，当年的国学院都还未曾经历。由此，沿着原有的文明惯性，它虽名叫"清华学校研究院"，却在很大程度上，仍然维持着具有古风的师生关系。这样一种类乎书院的教育方式，所产生的独特师承关系，跟现代学院人之间的竞争关系，绝对是迥然有别的。比如，当时梁启超就常跟学生做无所不至的竟夕之谈，并且每每站在书案前信笔挥毫，为他们写下砥砺学风的话语。在那样的氛围中，学生对老师高山仰止，老师对学生倾囊以授，彼此都如沐春风之中，共同涵泳着中国文化。

这样的教学和求学经验，曾是以往书院教育不可或缺的组成部分，却跟现代学术体制格格不入。正因为这样，我们可否再做一点畅想，想到也许清华国学院正是有意无意间，用了一种最适宜传授中国文化的方式来传授中国文化，这才导致了它的高度培养命中率。想到这一层，或许类似的奇迹就未必不会再现，因为只要真能去身体力行，也就有可能去再造神话。

我常用"一、二、三、四、五"的数目字，来概括新的清华国学院的构想。这里限于篇幅，只介绍其中的"三"和"一"。

首先，为了追思本院当年的"三大巨头"，我们最想开展的项目就是启动三大讲座。其中，"梁启超讲座"将由陈来教授主持，其大体的治学方向将是思想与宗教；"王国维讲座"将由我主持，其大体的治学方向将是美学、比较文学与汉学；而"陈寅恪讲座"则由刘迎胜教授和姚大力教授共同主持，其大体的治学方向将是元史及边疆民族史。今后如果条件成熟，我们行有余力的话，还想创办其他讲座，比如赵元任讲座、李济讲座，甚至还有专门纪念对三四十年代清华文科卓有贡献的冯友兰教授的讲座。

需要特别说明，这种讲座形式本身，就是对本院传统的一种继承。中国现代史上几次最著名的来华学术交流，就是由梁启超组织的讲学社所发起的，该团体曾经每年一个，先后请来了美国哲学家杜威、英国哲学家罗素、德国哲学家杜里舒和印度大诗人泰戈尔，到中国来进行较为长期的学术交流，不仅在当年轰动一时，而且对于此后的文化也是影响久远。而相形之下，尽管在经济上有了巨量的增长，目下人文学术界的所谓开放，还主要是指我们自己"走出去"，而不是把谈话对手"请进来"。由于这样的学术交流，都是对方在出资金定课题，所以知识生产的主动权，就几乎完全交到了别人手里，很多讶异国人和迎合外人的奇谈怪论，就是沿着这条路产生的。到现在，总算是风水轮流转，仰仗着清华校方的大力支持，我们终于有了能力，可以直接邀请海外学界的领军人物，来国内进行较为长期的交流活动了。

杜威和罗素来华的时候，中国的国力该多么贫弱啊！然而他们毕竟是大哲学家，有着超乎寻常的洞察力，足以透过很多表面现象和暂时状态，看到更深层的价值选项问题，所以他们的一些惊世骇俗之论，不仅在当时激发了想象力，就是拿到今天，仍然是博士论文的好题目。由此就更不要说，按照我们现在的设想，将要请到清华的国外领军学者，并不是只到这里照本宣科，他们将要在校园里放松一段时间，跟同学们唇枪舌剑地交流，跟中国学者隔着圆桌各抒己见，甚至如果时间允许，还打算带着他们到处去逛一逛，去实地认识一下中国，再回来补充和修改自己的讲稿。如果真能做到这一点，那么他们的知识生产的过程本身，就已渗入相当多的中国经验。

这样做会有怎样的好处呢？其中之一，就是可以通过这种高端的交流，来逐步避免或部分克服这样的窘境，即现有的政治哲学、社会思想和文化理论，主要是对欧洲经验的理论总结，而一旦挪用到对于中国经验的解释上，总难免就会出现脱节和错位。二十多年以来，我一直在孜孜译介国际汉学知识，至今已经有了巨量的翻译成果，然而必须意识到，那些厚重的学术著作背后，都潜在着某种西方理论的预设或框架。正因为这样，它们有时候听起来很能说服人，有时候就有点隔靴搔痒，是在拿欧洲理论和中国经验在进行尝试性磨合。而今后，我们希望借助于上述讲座的交流，不再仅仅跟汉学家们对话，而且还跟他们背后的那些理论制造者直接对话，促动他们在下次再写书的时候，能够纳入一些中国的或印度的经验，乃至其他发展中国家的经验，尤其当那些发展中国家来自古代文明时。我想，这样的一种交流，不光对中国学者有好处，而且对世界学术也有好处，因为由此所产生的理论总结，就会带有更大的普世性，从而避免再听到大声的抗议——你的理论强暴了我的经验！

最后，再来说说清华国学院的"一"，也就是同一种传统。在刚刚召开的成立大会上，那个典雅的、由层层文字符号叠加起来的会议背板，使很多人都感受了某种特定气场的存在。而背板的最深一层，就叠印着陈寅恪先生悼念王国维先生的那段著名碑文："先生之著述，或有时而不章；先生之学说，或有时而可商；惟此独立之精神，自由之思想，历千万祀，与天壤而同火，共三光而永光。"这就是我们一以贯之的、一脉相承的传统！

在那块背板上，还有两种文字符号，其一是清华大学的校训——"厚德载物，自强不息"，那也是老国学院的导师梁启超所题，另一个则是饶宗颐为本院题写的院训——"宽正、沉潜、广大、高明"。可以说，这都是从不同的层面，对于那同一种传统的解说和发挥。

梁先生那句校训，一直是清华人的骄傲，也一直是清华人的修身之本。不过，考虑到梁先生提出的校训，主要是针对大学生群体，而突出一个做人的标准，那么清华国学院作为一个高等研究机构，则应当基于更高的标准，来进一步规范做学问的问题。所以，最终定下的"宽正、沉潜、广大、高明"八字，都涉及对学风的倡导与垂范，它们当然各有经典出处，这里也不必细讲，其实只要想到各自的反义词，就会想到它们在针砭和砥砺什么了——"宽正"是针对"偏激"而言，反对刻意求新而不惜偏激；"沉潜"是针对"浮躁"而言，反对急功近利和浅尝辄止；"广大"在反衬"偏科"，要求思接千载心忧万民，而非为了课题意识而舍弃问题意识；"高明"则在反衬"表浅"，要求既有高远的终极关怀，又有深刻的洞察力。

另一层重要的意思是，从梁启超先生在 80 年前为清华所题的校训，到饶宗颐先生于 90 高龄为国学院书写的院训，足以看到绵绵不绝的薪火相传，而对于学术的责任心，对于文化的使命感，就这么一代又一代地交接下去、叠印下去，只要这样的传统不会中断，那么前贤们守先待后的努力，就肯定不会白费，中国文化也就必将会有光大的未来。

冰点特稿：晚年梁启超

电视片《回望梁启超》一共 5 集，我一直耐着性子守到最后，才发现它在轰轰烈烈地表述完戊戌变法、再造共和与巴黎和会之后，竟如此虎头蛇尾，只马马虎虎用了几段趣闻轶事，稍微搪塞了一下梁启超的后期——而这偏巧就是他来到清华国学院的那段岁月。真可惜，主持片子的老朋友怎么没想到拿着话筒来访问我，不然我会对着镜头告诉他：梁启超的后期是何等辉煌，而且还有可能更加辉煌！

创作于 1919 年的《欧游心影录》，是梁启超朝向后期发展的转捩点。事实上，正是在这本书中，借助于他刚刚拓展的世界眼光，梁启超才在价值观念上，明确获得了文化相对主义的转折，从而不再笼统地把西方的每一步发展，都看成无可替代的历史趋势，而是深入细部、充满分析地看到，就连西方自身，也都是各种价值的矛盾综合体。

让我们打开这本书，看看梁启超笔下的西方思潮——

凡一个人，若是有两种矛盾的思想在胸中交战，最是苦痛不过的事。社会思潮何独不然？近代的欧洲，新思想和旧思想矛盾，不消说了。就专以新思想而论，因为解放的结果，种种思想同时从各方面迸发出来，都带几分矛盾性。如个人主义和社会主义矛盾，社会主义和国家主义矛盾，国家主义和个人主义也矛盾，世界主义和国家主义又矛盾。从本原上说来，自由平等两大主义，总算得近代思潮总纲领了，却是绝对的自由和绝对的平等，便是大大一个矛盾。分析起来，哲学上唯物和唯心的矛盾，社会上竞存和博爱的矛盾，政治上放任和干涉的矛盾，生计上自由和保护的矛盾，种种学说都是言之有故持之成理，从两极端分头发展。愈发展得速，愈冲突得剧。消灭是消灭不了，调和是调和不来。种种怀疑，种种失望，都是为此。他们有句话叫作"世纪末"。这句话的意味，从狭义的解释，就像一年将近除夕，大小账务逼着要清算，却是头绪纷繁，不知从何算起。从广义解释，就是世界末日，文明灭绝的时候快到了。

正是本着这种多元杂糅的、非本质主义的、充满内在冲突的西方观，梁启超自觉进入了其生命的后期。发人深省的是，借助于长年办报所获得的西学通识，和亲身游历而得来的第一手经验，恐怕再没有别的地方，能像当时寒冷与饥饿的巴黎更适于他的这种思考，以至于蓦然回望，突然对自幼谙熟的本土价值体系，有了充满惊喜的重新发现。而由此一来，他内在的思想动机，也就自然要突破单纯为了民族国家而"寻富求强"的目标，而上升到了一种面向世界的、承担着人类共同未来的交互文化使命——"一个人不是把自己的国家弄到富强便了，却是要叫自己国家有功于人类全体。不然，那国家便算白设了。明白这道理，自然知道我们的国家，有个绝大责任横在前途。什么责任呢？是拿西洋的文明来扩充我的文明，又拿我的文明去补助西洋的文明，叫他化合起来成一种新文明。"

一个国民，最要紧的是把本国文化发挥光大。就算很浅薄的文明，发挥出来都是好的，因为他总有他的特质

让我们仔细寻思一下，看看对于他的这种转变，可以想象到多少种原因。

第一，正如刚刚已经述及的，这种转变可以归因于他对欧洲的现场游历，特别是由此而发现的欧洲乃至西方的失落。大家不难想象，那正是一次大战之余，正是产生了西方丑艺术的社会语境，对此我曾在自己的处女作中详细叙述过。所以我们可以从充满悲观的现代派的兴起，看到当时世纪末的心境。

正是借助于这种危机感，梁启超才得以检讨了中国刚刚建立的西方学，所以他虽然没有明讲，却已经醒悟到严复对西方的

介绍，其实是很有问题的——

    从来社会思潮，便是政治现象的背景。政治现象，又和私人生活息息相关。所以思潮稍不健全，国政和人事一定要受其敝。从前欧洲人民，呻吟于专制干涉之下。于是有一群学者，提倡自由放任主义，说道政府除保持治安外不要多管闲事，听各个人自由发展，社会自然向上。这种理论，能说他没有根据吗？就过去事实而言，百年来政制的革新和产业的发达，那一件不叨这些学说的恩惠？然而社会上的祸根，就从兹而起。现在贫富阶级的大鸿沟，一方面固由机器发明，生产力集中变化，一方面也因为生计上自由主义，成了金科玉律。自由竞争的结果，这种恶现象自然会演变出来呀，这还罢了。到十九世纪中叶，更发生两种极有力的学说来推波助澜，一个就是生物进化论，一个就是自己本位的个人主义。自达尔文发明生物学大原则，著了一部名山不朽的《种源论》，博洽精辟，前无古人。万语千言，就归结到"生存竞争优胜劣败"八个大字。这个原则，和穆勒的功利主义、边沁的幸福主义相结合，成了当时英国学派的中坚。同时士梯（Max Stirner）、卞戛加（Soren Kiergegand）盛倡自己本位说，其敝极于德之尼采，谓爱他主义为奴隶的道德，谓剿绝弱者为强者之天职，且为世运进化所必要。这种怪论，就是借达尔文的生物学做个基础，恰好投合当代人的心理。所以就私人方面论，崇拜势力，崇拜黄金，成了天经地义。就国家方面论，军国主义帝国主义，变了最时髦的政治方针。这回全世界国际大战争，其起原实由于此。将来各国内阶级大战争，其起原也实由于此。

第二，他的这种转变，又可以归因于他对巴黎和会的痛切参与。大家知道，其实就连"五四风潮"本身，也都是源于他从巴黎的一通呼吁。正因为这样，他肯定是再明显不过地看到了西方在理论言说与现实考量之间的差距，遂对于原本想要倒向的西方文化，不能不产生某种齿冷的间距感。

在揭露巴黎和会骗局的同时，梁启超提醒国内要充分注意到列强对中国的觊觎。他指出："环顾宇内，就剩中国一块大肥肉，自然远客近邻，都在打我们的主意，若是自己站不起来，单想靠国际联盟当保镖，可是做梦哩。"1920年3月5日，梁启超一行返抵上海。针对当时国内流行的与日本直接交涉山东问题的说法，梁启超下船后即对《申报》记者发表谈话，指出："余初履国土，即闻直接交涉之呼声，不胜骇异。夫既拒签于前，当然不能直接交涉于后，吾辈在巴黎时对于不签字一层，亦略尽力，且对于有条件签字说，亦复反对，乃有不签字之结果，今果直接交涉，不但前功尽失，并且前后矛盾，自丧信用，国际人格从此一隳千丈，不能再与他国为正义之要求矣。"他认为，就公理而言，日本的强权外交"虽胜利而实失败"，而中国"虽失败而实胜利"。中国应该有自信心，要自强。不久，他亲自致信徐世昌，请他释放因参加五四运动而被捕的青年学生。

第三，他的这种转变，还可以归因于世界都市的某种氛围。事实上，任何人到了巴黎或者纽约，都会看到一个多元混杂的文化，所以也就会重新考量本土的文化。在那里，就算你不了解某种远在天边的文化，比如印第安文化或者刚果文化，你也会毫不犹豫地维护它的生存权，以保障世界文化的多样性，更何况当时正处在战后，人们正都对东方文化存有普遍的好感。

> 我们自到欧洲以来，这种悲观的论调，着实听得洋洋盈耳。记得一位美国有名的新闻记者赛蒙氏和我闲谈（他做的战史公认是第一部好的），他问我："你回到中国干什么事？是否要把西洋文明带些回去？"我说，"这个自然。"他叹一口气说，"唉，可怜，西洋文明已经破产了！"我问他，"你回到美国却干什么？"他说，"我回去就关起大门老等，等你们把中国文明输进来救拔我们。"我初初听见这种话，还当他是有心奚落我。后来到处听惯了，才知道他们许多先觉之士，着实怀抱无限忧危，总觉得他们那些物质文明，是制造社会险象的种子，倒不如这世外桃源的中国，还有办法。这就是欧洲多数人心理的一斑了。

第四，梁启超的这种转变，还可以归因于他对科学的重新定位。

科学无限扩张而成为支配人生的力量。而建基于科学的新人生观将人的内部生活和外部生活都归到物质运动的必然法则之下，从而使人生物质化和机械化。梁氏指出，这种偏于物质的人生观之唯一目的即是"抢面包吃"，因而完全丧失了人生的意味和人类的价值。他进而指出："当时讴歌科学万能的人，满望着科学成功，黄金世界便指日出现。如今功总算成了，一百年物质的进步，比从前三千年所得还加几倍；我们人类不惟没有得着幸福，倒反带来许多灾难。""欧洲人做了一场科学万能的大梦，到如今却叫起科学破产来。这便是最近思潮变迁一个大关键了。"

第五，梁启超的这种转变，又可以归因于某种交互文化哲学的理由。

仔细阅读《欧游心影录》就会发现，梁启超向故国文化的这种回望，并不像列文森所说的那样，只是反映了一种依恋故国文化的狂热情感；恰恰相反，那是基于一种相当精巧的交互文化哲学，或者说，是基于一种建构在诸神之争基础上的、很有学术前途的冷静理性。让我们看看他的夫子自道——

> 我在巴黎曾会着大哲学家蒲陀罗（Boutreu），他告诉我说："一个国民，最要紧的是把本国文化发挥光大，好像子

孙袭了祖父遗产，就要保住他，而且叫他发生功用。就算很浅薄的文明，发挥出来都是好的，因为他总有他的特质。把他的特质和别人的特质化合，自然会产出第三种更好的特质来。你们中国，着实可爱可敬！我们祖宗裹块鹿皮拿把石刀在野林里打猎的时候，你们不知已出了几多哲人了。我近来读些译本的中国哲学书，总觉得他精深博大。可惜老了，不能学中国文！我望中国人总不要失掉这分家当才好。"我听着他这番话，觉得登时有几百斤重的担子加在我肩上。

第六，梁启超的这种转变，当然也可以归因于其少小时代的传统教育，被从一个跨文化的国际舞台上突然唤醒。

张荫麟曾就此转述过他的心情转变："及欧战甫终，西方智识阶级经此空前之大破坏后，正心惊目眩，旁皇不知所措；物极必反，乃移其视线于彼等素所鄙夷而实未尝了解之东方，以为其中或有无限宝藏焉。先生适以此时游欧，受其说之熏陶，遂确信中国古纸堆中，有可医西方而自医之药。既归，力以昌明中国文化为己任。而自揆所长，尤专力于史。盖欲以余生成一部宏博之《中国文化史》，规模且远大于韦尔思之《世界史纲》，而于此中寄其希望与理想焉。"

第七，梁启超的这种转变，更可以归因于儒家思想在民国时期的逐渐脱毒，以及整个社会在脱离了儒家话语之后反而遭遇的退化。

梁启超开始反省起当年风行的"天演论"。与此相联系，梁启超对于其进化观也作了重大修正。他认为，物质文明从古代的渔猎耕稼发展到现代的工艺技术诚然变化伟巨，然而这很难说就是进化。评价物质文明进化与否，要视其于人类有否好处和能否在历史上流传下来。在他看来，现代人类虽能享受电灯、轮船之利，但其生活较之点油灯、坐帆船的古代人类的生活，并不见得有何优越之处。而且物质文明"根柢脆薄"，流转易逝，本无何历史价值。因而他得出结论："自然系"的人类活动（物质生活）不具有进化性质，进化只属于"文化系"的人类活动（精神生活）。梁氏显然放弃了早年启蒙主义的进化观念，他对进化的理解已不再建基于理性主义的工具理性精神，而是采用了价值理性的尺度。

第八，梁启超的这种转变，也许最为重要的内在因素，还要追溯到早就潜伏在他心中的、孔子生平的强大暗示。

事实上，正如孔子早年的列国周游所示，身为儒者就必然要进行政治活动，因为他们对于社会有太过强烈的关怀。即使这种政治活动未必成功，它对于砥砺和开拓这位儒者的精神，仍然有不可或缺的作用。而更进一步，又正如孔子后来的选择与成就所示，儒家又随时可能从政治活动中抽身回来，通过退而结网和著书立说，把自己业已逐渐成长起来的精神状态，刻画和表达出来，从而成就后世所谓的名山事业。须知，这两个阶段不仅不是彼此矛盾和相互耽误，而且相互激发和缺一不可，成为首尾相接的人生阶段。

他在评价中西文化时，力图提高国民的民族文化意识，增强民族自信心，同时他又以开放的文化心态主张"化合"中西文化，认为文化的走向必然是"人类一体"，反对唯我独尊的文化独断主义

但遗憾的是，偏偏在这样的问题上，不光国外作者很难做到同情理解，就连以往的国内作者，由于意识形态的束缚，和传统教育的缺失，也都很难做到平心而论——他们出于各自的课题意识和讨论范围，要么把梁启超看作生就的政治活动家，要么就把他视为生就的学术研究家。而从这种僵化的和非此即彼的预期出发，他们也就很难看出梁启超的后期选择，对其整个生平而言，产生过怎样的意义再诠释。

因此，类似下面这样的观点，是很有代表性的，而且这还是梁启超在清华的学生呢。徐铸成在《王国维与梁启超》中写道——

> 梁任公先生那时在政治上已步步走下坡路，精神上也渐入颓唐。大家知道，他的生命史中最光辉灿烂的两页，一是戊戌的百日维新，一是护国之役，他当时写的"异

哉！所谓国体问题者"，若干年后，我读了还觉得铿锵有力。以后，虽然在段祺瑞当国时代曾一度做财政总长，俨然走入政局的核心，而实际上，段祺瑞只是一时利用进步党的所谓"人才内阁"作为他的垫脚石，而任公成了他的"猫脚爪"，火中取栗后，就被抛弃了。"五四"以后，他的政治生命实际已结束，只剩下《时事新报》《晨报》作为研究系的机关刊物，发表一些改良主义的政论文章而已。在那一时期，他在白话文学和历史研究上，发表了不少著作，在文化界大露声光。迨一九二四年孙中山先生改组国民党，开始第一次国共合作，国内的革命空气日益高涨，梁启超这三个字，在青年心目中，已日益成为保守的代名词了。他之退居清华讲学，实际上是想"与世两忘"。

桑兵最近在清华的讲演，也是持这种态度，说他来清华只是因为政治失意，而想要到学校里为研究系培养后续力量。

而由此一来，他们也就或者以政治家的成败来论英雄，把梁启超来到清华国学院的举动，看作完全是逃遁和败走，看作是失意政客在打发无聊日子；或者反过来，仅仅以学问家的成果来论得失，乃至把梁启超的早期活动，包括办报时代写作的文章，包括政治活动的宣传文字，都看成粗疏的、学步的和不够成功的学术论文。

毫无疑问，这种太过狭隘和机械的眼界，都是受到了现代分工的割裂。由于传统文化语境的隐退，如今人们很少还能意识到，事实上，一位真正的儒者和通人所享有的生命周期，其本身倒是一个断裂性和连续性的统一体，而完全不同于他们所熟知的这种已被社会分工过分狭隘化了的现代学术人。

当然，梁启超的回归学术，也不乏外部世界的激发成因，比如大战之后彷徨颓唐的国际环境，和军阀割据社会退化的国内环境，然而所有这一切，更是基于梁启超本人的儒生性情，正是沿着这种性情，他才本能地或不自觉地在模仿着孔子的人格风范和人生历程。反过来说，这种对于孔子生平的模仿，对于孔子事业的追随，也可以被看作一个突出的表征，来表现他对于文化本根的再体认。

而这一点，恰恰是理解梁后来很多重要选择的关键，否则你就根本看不懂他。比如，恰恰是在这种体认中，他跟康有为的师生关系，有了实质性的修复。然而我们都知道，梁启超是出名的性情中人，他当年正是因为自己的真性情，向一个功名尚不及他的南海先生执弟子礼，他后来又是因为自己的真性情，公开地跟南海先生分道扬镳。由此，梁启超后来的种种主动修好举动，以及他跟老师之间的如冰释然，绝不能被解释为来自一种外交手腕，或者一种周到的礼数，那种虚伪的行为根本不符合梁启超的个性。

再如，正是凭着这种刚刚达到的思想高度，他才会说"舍西学而言中学者，其中学必为无用；舍中学而言西学者，其西学必为无本。无用无本，皆不足以治天下"。他才会以"淬厉其所本有而新之"，和"采补其所本无而新之"的表述，来规定今后的文化方向。

研究者李大华说："在本世纪初，梁启超是第一位试图将时代观念和民族观念交叉透视文化现象的人……他在评价中西文化时，力图提高国民的民族文化意识，增强民族自信心，同时他又以开放的文化心态主张'化合'中西文化，认为文化的走向必然是'人类一体'，反对惟我独尊的文化独断主义。"

"任公认为，文化的进步得益于交流，异质文化相互接触，乃能促其进步。他说：'大抵一社会之进化，必与他社会相接触，吸收其文明而与己之固有文明相调和，于是新文明乃出焉。'他还说：'思想宜勿求统一，经一番混杂，自有一番光明。'但任公与那些一意迷执西化的人不同。他认为，吸收外来文化，必须以固有文化的根基健全为条件。如果撇开本土文化之根，则外来文化失去移植的依托；如果本土文化根基不健全，则移植外来文化将成为逾淮之橘。对外来文化吸收的结果如何，'视其根器所凭借之深浅厚薄以为断'。这就是任公屡屡强调发扬中国固有文化之优秀传统的原因。他相信，中国人虽不如人处甚多，然而'吾之所蕴积，亦实有优异之点，为他族所莫能逮者'，中国'实有坚强善美之国性，颠扑不破，而今日正有待于发扬淬厉'。"

只有本着这种来自国际的本土关照，才能充分理解梁启超后期的一个主要转向，也就是说，才能理解作为清华国学院导师的梁任公，看看他充满激情地来到清华园里，所为何业，所乐何事。

他的国学成就仍然会与时俱进，仍然会跟他的西学视野逐渐结合，仍然会融入他对国是民瘼的持续关怀，仍然会依托着中国文化的本根

对于梁启超这样的中国文化史中的人物来说，就像任何一个谙熟儒学的人物一样，他原本就很容易受到孔子丰富生涯的暗示，去尽享一个开门授徒与著书立说的晚年。而写作《欧游心影录》这样一个契机，也就预示着他要进入生命的后期了——正是在这样一种意义上，其实大家对于此书的正面意义，了解得还很不够！

正因为这样，他就需要一个话语场来发表、整理和激发这些发现，而这就是清华国学院对他的意义。在这个意义上，梁启超来到清华国学院，绝对不是一次遁逃或一次落败，而是其生命中的一次进取式的蜕变与升华。

梁启超在《教育家的自家园地》中写道：

> 诲人又是多么快活啊。自己手种一丛花卉。看着他发芽。看着他长叶。看着他含蕾。看着他开花。天天生态不同。多加一分培养工夫。便立刻有一分效验呈现。教学生

正是这样。学生变化的可能性极大。你想教他怎么样。自然会怎么样。只要指一条路给他。他自然会往前跑。他跑的速率。常常出你意外。他们天真烂漫。你有多少情分到他。他自然有多少情分到你。只有加多。断无减少……别的事业。拿东西给了人便成了自己的损失。教学生绝不含有这种性质。正是老子说的。"既以为人己愈有。既以与人己愈多。"越发把东西给人给得多。自己得的好处越发大。这种便宜够当。算是被教育家占尽了。

与此同时，刚刚兴办的清华学校研究院，也唯其因为梁启超的到来，才获得了如此之大的名声。其他导师当然也各有专学，然而在研究院创办之初，它首先借重的，还是来自梁任公的重大感召力，因为他那支健笔的影响，当年在中华大地上可以说是无远弗届。此外，尽管他此前的为官经历，并不能算是成功，然而他正因为此种经历，一旦转化为学者，其能享有的资源、人脉与名望，却又不是其他学者可以比拟的，甚至可以说在当时是无出其右的。

而梁启超的讲学活动，也实在具有很强的人格魅力。梁实秋说——

先生博闻强记，在笔写的讲稿之外，随时引证许多作品，大部分他都能背诵得出。有时候，他背诵到酣畅处，忽然记不起下文，他便用手指敲打他的秃头，敲几下之后，记忆力便又畅通，成本大套的背诵下去了。他敲头的时候，我们屏息以待，他记起来的时候，我们也跟着他欢喜。先生的讲演，到紧张处，便成为表演。他真是手之舞之足之蹈之，有时掩面，有时顿足，有时狂笑，有时太息。听他讲到他最喜爱的《桃花扇》，讲到"高皇帝，在九天，不管……"那一段，他悲从中来，竟痛哭流涕而不能自已。他掏出手巾拭泪，听讲的人不知有几多也泪下沾巾了！又听他讲杜氏讲到"剑外忽传收蓟北，初闻涕泪满衣裳……"先生又真是于涕泗交流之中张口大笑了。

在《听梁任公讲演》中，梁实秋尚有如下记述："他讲得认真吃力，渴了便喝一口开水，掏出大块毛巾揩脸上的汗，不时地呼唤他坐在前排的儿子：'思成，黑板擦擦！'梁思成便跳上台去把黑板擦干净。每次钟响，他讲不完，总要拖几分钟，然后他于掌声雷动中大摇大摆地徐徐步出教室。听众守在座位上，没有一个人敢先离席。"

熊佛西也说——

先生讲学的神态有如音乐家演奏，或戏剧家表演：讲到幽怨凄凉处，如泣如诉，他痛哭流涕；讲到激昂慷慨处，他手舞足蹈，怒发冲冠！总之，他能把他整个的灵魂注入他要讲述的题材或人物，使听者忘倦，身入其境。

进一步讲，梁启超跟清华国学院诸弟子关系，也确实显示出了唯大儒者方有的那种招牌式的令人如坐春风之中的师表形象。而这样一种既不失威严又相当融洽的师生关系，也正是中国式的书院教育的精髓所在。

而推开来说，这样的一种校园氛围，正是人们百思不得其解的，是清华国学院之所以像神话那般成功的真实秘诀。换句话说，它是以最适合教导中国文化的方式，传播和化育了中国文化的内容。

正是在这种师道尊严的修养要求中，我们也必然会看到，梁启超同样为自己列出了相当宏富的写作计划，而且有些计划已经开始在落实。

其实，即使活到1949年，他才76岁呢！所以不难试想，如果天假以年，如果清华国学院一直能提供给梁启超那样的著述与讲学条件，那么有谁敢说——以他的学识，以他的条件，以他的精力，以他的阅历，以他的聪颖，以他的下笔速度，梁启超的学术成就是可以限量的？

我们终归可以想象，以往他的写作媒体与对象，往往多为报章，而且要求速成；然而现在到了清华国学院这个最高学府，左有王国维，右有陈寅恪，其交谈对象已大大改变，所以其思路的缜密度和论证量，都会越来越显示出完全不同的面貌。

我们同样可以想象，他的国学成就仍然会与时俱进，仍然会跟他的西学视野逐渐结合，仍然会融入他对国是民瘼的持续关怀，仍然会依托着中国文化的本根。而另一方面，我们又可以想象，其研究成果虽会绵绵而出，却总会与其西学视野相互结合，总会融入他对国是民瘼的关怀，总会依托他内心的中国文化本根，总会出自他对中国文化的涵泳与体会，总会日益显得厚重、绵密和学术化……

要在中西对比的广阔视野中，重新研讨中国古代文化的价值，并且基于这种认识来重建独特的生活世界

遗憾的是，现在的人们已经普遍忘记了，其实中国文化的自身要求，首先在于通人而非专家，完人而非学人。正是在这个意义上，梁启超才是他那个时代罕见的百科全书式人物。由此才造成了，何以当时的人看待梁启超，和现在的人回看梁启超，会有如此不同的判定。

事实上，只有像他那样的通人与完人，基于他当时所占据的辈分和口气，才有可能以一己之力量，振笔写下大气磅礴、首尾贯通的文化史巨作，而这种巨著的阙如，是到现在我们都引以为憾的。

令人痛恨的是，居然一次庸医的失误——而且这庸医的权

力又是来自西方科学的话语霸权——使得所有这些可能性，居然都没有成为现实！

反过来试想，如果孔子当年竟也只享年56岁，所以只是来得及惶惶地奔走于各国之间，而没有来得及删诗书、定礼乐和开门授徒，那么我们还能看到那个被说成倘无此人便会"万古长如夜"的夫子么？

正是在这个意义上，本文非常惋惜地提出，作为清华国学院导师的梁启超，在这里只是短暂地经历了一个未竟的后期——这是一个人间的悲剧，一个最富浮士德意义的事业悲剧！

正因为这样，正写到最佳状态、写到兴头上的梁启超的突然弃世，就不仅是他个人的重大损失，也是中国现代学术的重大损失。我甚至猜想，如果作为四大导师之首的他还活着，清华国学院也有可能还会继续办下去，那将对中国文化产生更加不可估量的影响。

所以，只说梁启超个人在学术上，还有一个未竟的后期，那是远远不够的。实际上，他在开门授徒和教书育人方面，同样有一个未竟的后期——甚至可以说，那中间所潜伏的可能性也许更大！

而且，梁启超所展示的那种可能性，至今也仍要被我们一以贯之地继承，因为从今开始重建的清华国学院，仍然是要在中西对比的广阔视野中，重新研讨中国古代文化的价值，并且基于这种认识来重建独特的生活世界，而这正是梁启超想要做到、而未及完成的伟业。

重塑我们的家庭文化

一 作为文化传统的家庭

放眼世界，所有的文明都不约而同地把家庭这个最小的社会组织，当作了最基本的文化单位，而且，它们也都基于这个最初始的社会细胞逐步发展出了更为复杂的机构与形态。这也就明确告诉了我们，尽管会出现各种各样的变体，可如果从宏观的视角来看，作为最小社会组织的家庭，却是经过了千百万年的试错，而应着共通的人性与社会需要，一无例外地逐渐创化出来的。

这也就启示了我们，建基于天然血缘基础上的家庭，至少在迄今为止的人类历史中，具有无可怀疑的、普适性的社会价值。即使到了哪一天，由于生物科技的意想不到的发展，而在人类的生活方式上出现了其他的可能选项，那也会给本来就有点失控的社会，带来空前严峻的挑战。

当然，在各自不同的人类学意义的语境中，受特定路径依赖的制约，各个文明在不同时间阶段的家庭组织，又会显出相当的同中之异来；而且，在中国文明的传统中，这种社会组织的文化功能还尤为重大。这是因为，这个文明的主导性价值学说即儒学，曾经把家庭这个最小的社会单位，当成了培植与操演仁爱之心的最初场所，从而就当作了体现全部社会价值的基点。

为了强调这种基于家庭亲情的价值，儒家往往会告诫社会成员说，只要能够去"老吾老，以及人之老；幼吾幼，以及人之幼"，那么，个人的善良天性就会自动得到启迪和滋养，而社会也就会自动得到和谐的生机。尽管后来的历史经验证明，实际的情况并不如此简单，还会有各种例外的情况在层出不穷，然而这种说法作为一种精巧的道德暗示，还是有效地和正态分布地制造出了人们的文化前理解。

应当予以肯定的是，这也正是中华文明得以赓续繁衍的关键。由此，也就在数千年的历史中，形成了底蕴丰厚的家庭文化传统，表现为作为文明常态的"耕读传家"的世系、"富而好礼"的名门等等。由此，跟"五四时代"的偏激指责正好相反；其实生活在这种正常文明环境中人们，才算是真正的有福了：他们生长在这样的安乐窝中，既操演了最为严整的礼仪，又体验了最为丰富的人情；由此，他们的教育完整性就最有保障，从而对自己的前途也就最有把握。

　　值得注意的是，中国的教育方式通常总是成功的。孩子们不断长大，毫无困难地适应了家庭环境。他们早在少年时代就被纳入到对共同生活所应尽的义务中，对此他们也自愿接受。人们可能常常看到，那些自己几乎还走不太稳的孩子，却已经在照看比自己更小的兄弟姐妹了，从很小就已经在接替父母的某些工作了。家庭亲情就是这样自发产生的，可以说是崇高的，乃至在中国抒情诗中，除了像欧洲常见的那种爱情诗之外，还有表达深切而真挚的父子或兄弟之爱的诗歌，这种感情丝毫不亚于欧洲人至多对心上人才有的爱慕之情，整个生活中都充满了这种依恋之情。为了养家糊口，中国人不得已才到远方旅行，但他的心总是牵挂着自己的家庭和故乡。一旦挣到钱后，他便毫不耽搁地频频花钱买各种礼物寄回家。最后，当他攒够了养家的钱，便返回家乡，不管他去的是南洋群岛还是加利福尼亚，结果都一样。如果他在活着时未能回家，那么他至少会做好安排，让自己的遗体在故乡土地上得到一片小小的墓地。

尽管这种对于家庭的珍爱，如果从泛爱天下的高度来看，的确可以算作特殊主义的文化起点，无法从逻辑的起点上，一开始就满足平等主义的理想要求，然而又不可否认的是，中国文化的底气和厚度，也往往保藏在它的世家望族之中。也就是说，出身于这样的传统家族中，自然更会讲究如何穿衣吃饭，不过，这种家学渊源的教养，却更表现在对高雅文化的传承中。而作为它的现实的反例，一旦荡平了这样的世家望族，自然会使全社会显得更加平均化；然而，在这种平均化的过程中，全社会最精致的文化阶层，也会令人惋惜地化为乌有，使整个文明基准都趋于粗鄙化。

> 客有问陈季方："足下家君太丘，有何功德，而荷天下重名？"季方曰："吾家君譬如桂树生泰山之阿，上有万仞之高，下有不测之深；上为甘露所沾，下为渊泉所润。当斯之时，桂树焉知泰山之高，渊泉之深？不知有功德与无也。"

所谓士族者，其初并不专用其先代之高官厚禄为其唯一之表征，而实以家学及礼法等标异于其他诸姓。如范阳卢氏者，山东士族中第一等门第也，然魏收著《魏书》，其第肆柒卷《卢玄传》论（李延寿于《北史》叁拾卢玄等传论即承用伯起元文）云：

> 卢玄绪业著闻，首应旌命，子孙继迹，为世盛门。其文武功业殆无足纪，而见重于时，声高冠带，盖德业儒素有过人者。

其实伯起此言不独限于北魏时之范阳卢氏，凡两晋、南北朝之士族盛门，考其原始，几无不如是。

此外更加重要的是，从生存价值的意义来讲，在中国文化的正常语境中，家庭和家族作为一个放大的、延续的自我，还可以相对地缓解和释放个体对于自身死亡的焦虑，而绝不会鼓励"我死后，管它洪水滔天"的妄念，或者索性像"始作俑者，其无后乎"那般作孽，由此便有效地支撑了人心中的伦常观念。换句话说，只要基于骨肉基础的家庭还存在，那么，死亡所带来的人生有限性，就会得到一定程度的超越——哪怕这种超越仍然难免是有限的，但它仍会为社会带来相当积极的文化成果。

既在情理之中、又在意料之外的是，正因为平时总是对死亡念兹在兹，而且也正是出于这种心结，而知道尽可能珍惜地享受生活，所以，真等到那个大去去期来临时，由于已在心理上得到了相对的补偿，所以在这个星球上，中华民族反而可能是最能平和接受死亡的民族。只要能够得到所谓的善终，只要是得享公认够长的天年，只要在生命终点并无太大的痛苦，只要其生命尚能由子嗣继承，那么，中国人对于一位老者的归去，就完全有可能目为正常的喜丧，甚至在中国民间的风俗习惯中，还会把这种冲淡了悲哀的喜丧，统称为可以跟婚礼并列的红白喜事。

作为长期有效的文化暗示，儒学还曾经很有道理地认为，人生的快乐并非只在于个人，而更在于人际或人与人之间，于是也便蕴含于每个家庭之中。所谓的"吾与点也",所谓的"孔颜乐处",都确凿地含有这样的意味。而王维笔下的"独在异乡为异客,每逢佳节倍思亲",和苏轼笔下的"但愿人长久,千里共婵娟",也都同样说明了这一点。同样地,作为一种现实的反例,一旦失去了这种群体的安乐窝,个人就会变成现代的孤独个体,而罹患癌症的几率也就会增加很多。

二 革命后的废墟与滋生

然而令人嗟叹的是,自从"五四"的文学革命以来,从被以西格中地诠释的《红楼梦》,到一味去演绎西风的《家·春·秋》,由于受到西方个人主义思潮的冲击,中国社会中占据压倒地位的意识形态,都是在申诉作为社会组织的家庭、特别是大家族的负面效应——这恰好表现为全球化冲击的一种形式。而与此相应,人们便把强调个体孤独的易卜生主义,当成了代表历史趋势的、无可怀疑的观念。而在这种西风的摧残下,原本被儒家有效控制的、"拔一毛利天下不为"的杨朱观念,不仅失去了正统理念的有效抑制,反而显得比利他主义更加先进了。

中华文明所以能演进数千年而不坠,恰是借助于天理和人欲间的这种持续紧张和有效制衡。然而,所有这一切都毕竟已时过境迁了:在外缘文明的强力逼迫下,华夏民族正面临着不得已的根本文化转型。由此，五四运动在整个中国文化史上的重要地位，并不在于哪几位具有异端倾向的书生在介身其中的文明内部发现了——其实任何堪称正常的文明都必会以某种形式体现出来的——伦理规范的严峻一面，而在于随着中国社会天平的倾斜，他们对于纲常名教的逆反心理获得了迥然不同的崭新意义。

接着往下延烧的革命乃至继续革命，又在不断扩大这种破坏作用。哈佛大学的社会学教授怀默霆（Martin King Whyte），曾撰文关注过这样一种现象：尽管同样属于"五四"之后，可由于革命文化的进一步剥蚀，于是在全能政治的强力挤压下，中国大陆的家庭规模与功能，就远比台湾的家庭规模与功能更弱，尽管后者所达到的现代化程度，相形之下显然更为开展与发达。这种历史发展中的悖论、错位或反差，足以说明"以革命之名"而对家庭的继续破坏，并不是现代化进程中的必经阶段和必要牺牲。

进一步说，如果激进的革命曾使中国的社会生活，呈现出二元化的断裂与分化，从而迫使人们一边到喧闹的外间，去接受社会风暴的无情洗礼，一边又借家中的支点，来保守最后的人间亲情，那么在中国的大陆地区，接踵而来的更加激进的革命烈焰，特别是到了登峰造极的"浩劫"时期，就越发无情焚毁了社会的家庭细胞。曾几何时，骨肉之间的反目、父子之间的成仇、夫妻之间的离间，居然"不以为耻，反以为荣"地，竟被当作

"先进的"事迹，被大肆地鼓励和高调地宣扬。

因此，把下边这段特定时期的大字报征引出来，并不是为了再去追究或寒碜当事人，而是为了用它的内容来清晰地说明，哪怕是在最根红苗壮的革命家庭，革命和家庭都曾经相互角力，因为前者总要无情地撕裂后者，直到把最后的人性都剥离干净：

> 我问我父亲："你执行错误路线绝不是什么偶然的，一定有根源，你以前还犯过什么错误。"王光美在旁边听了后气得直发抖，哭着对我控诉了一番，说我没良心，想保自己，是个人主义，你也触及触及自己的灵魂。这个家你也可以不回了，说我老逼我父亲。又说"你父亲是中央的，有些事情不能跟你讲。你老逼他。"说"你欺负我欺负得太甚了"。说她以前对我又是怎么好。当时给我压力很大，父亲也在旁边说："你要是觉得这个家妨碍你的话，你也可以不回家了，如果经济上不独立，可以给你点钱。"由于自己没有真正地站到毛主席一边，没有真正与家庭划清界线，压力很大，就软下来了，于是王光美就抱着我哭了一通。自己也就"保"爸了，这是一方面。另外王光美还造成弟妹的压力，说我给妈妈的那一张大字报是有个人主义。我当时的确有个人主义，但与自己的家庭真正从政治思想上划清界线，这就是我克服个人主义，抛弃私心杂念的第一步。

不过，却又显得相当反讽的是，对于家庭文化的这种肆意破坏，并未彻底毁掉人们对于家庭的认同；相反，它的躯壳或残骸不仅仍然存在，还在外来的压力下日益固化了。也就是说，遭到毁坏的并不是家庭的全部，而只是家庭的文化意蕴；而与之相应，家庭一旦失去了文化的保护，就只剩下一个徒有其表的、往往有害于更大社会组织的生硬外壳了。

正是为此我们才会看到，越是在革命形势紧张的时候，越是在阶级斗争白热化的时候，也正是最苛求家庭出身的时候。曾几何时，所谓"老子英雄儿好汉，老子反动儿混蛋"，反而成了一种极难逾越的个人宿命。任何出身于革干家庭的子女，只要他们的父母一朝失势，也马上会被株连到劳改的队伍中。说来，也唯有那位勇敢的遇罗克，曾企图以《出身论》对此进行反抗，而他又为此付出了惨痛的生命代价。

"出身压死人"这句话一点也不假！类似的例子，只要是个克服了"阶级偏见"的人，都能被我们举得更多、更典型。那么，谁是受害者呢？像这样发展下去，与美国的黑人、印度的首陀罗、日本的贱民等种姓制度有什么区别呢？

正因为这样，这种类似印度种姓制度的、相当僵化与野蛮的家庭出身观念，也就激起了"文革"后一代人的、几乎是一呼百应的反抗：

> 也许最后的时刻到了
> 我没有留下遗嘱
> 只留下笔，给我的母亲
> 我并不是英雄
> 在没有英雄的年代里
> 我只想做一个人
>
> 宁静的地平线
> 分开了生者和死者的行列
> 我只能选择天空
> 决不跪在地上
> 以显出刽子手们的高大
> 好阻挡自由的风
>
> 从星星的弹孔中
> 将流出血红的黎明

　　再往后，到了积重难返的开放初期，我们的残缺不全的家庭，就在这种矛盾状态中继续发酵了。一方面，纵然中国的家庭已是面目全非，但它毕竟还是在这个原始积累的阶段，起到了关键的纽带与发动机的作用。也就是说，纵然中国的家庭已在文化方面严重地残缺不全，但这种基于血缘的天然社会单位，却毕竟因内部的交易成本最小，而相互默契与信赖的程度又最高，最适于那个一穷二白的、原始积累的起步阶段。由此回头来看，恰正是这个小小的、曾被瞧不起的家庭细胞，反而向中国奇迹般的经济起飞，提供了社会组织方面的基本支持。

可另一方面，一旦亲密合作的收益期来到了，那么，由于价值层面的家庭文化，已被激进主义的思潮焚烧殆尽，这个社会细胞的功能也就走向负面了。令人遗憾的是，长期不管不顾的独生子女政策，尽管可以使经济数字显得好看，也使自然生态的压力略有减缓，却又短视而变本加厉地在家庭文化上，造成了难以弥补的、悔之晚矣的伤害。别的不说，如今就连用来指称亲属的大量汉语词汇，都已开始被下一代普遍地遗忘了，而这本是中国文化之最精微的部分，就像法国人对红酒或奶酪的精微味觉一样。在这种被动的情况下，要想再把中国的家庭恢复为"知书达礼"的初始操演场所，又谈何容易！

而作为活生生的现世报应，如今充盈于耳际的种种劣迹，无论是来自官方渠道，还是来自小道消息，无论是从公而言，还是就私而论，上至政经大事，下至家务小事，全都触目惊心地暴露出，我们的家庭实在太缺少文化滋养了！这使人们居然误以为，家庭无非就是几个小我的叠加，无非就是稍加扩大的、作为攻守同盟的自私，所以它的功能也只是用来营私。正因为这样，所谓富二代、官二代等等，已经构成了突出的社会问题；而可以想见，如果不能尽快挽回这种颓势，很快还会有富三代和官三代的问题、甚至富四代和官四代的问题，接连不断地出来要挑衅全社会的忍耐力。当然，也只有被逼到了这般田地，人们才有可能痛心地省悟到，把传统与现代水火不容地对立起来，该是多么的糊涂与荒唐！

事实上，如果从人性、特别是从伟大母性的本能出发，没有谁会成心要给自己的孩子下绊子。相反，如果问问那些东窗事发的赃官，特别是他们欲壑难填的妻子，他们往往正是因为舐犊心切，才给自己的家庭带来灭顶之灾。只可惜，也只有到了东窗事发的时候，这些家庭才会像剖开的腐果一样，暴露出其间是何等缺乏基本的家教！既是这样，我们就不禁要去追问，在这个畸形而破碎的社会中，为什么一个家庭所享有的起点越高，它所面临的风险反而偏偏越大呢？为什么越是无原则地疼爱孩子，就反而会为下一代的顺利成长，造成了难以逾越的人格障碍呢？

三 应当传给下一代什么

进一步问，人们兢兢业业去维护的家庭，和辛辛苦苦去累积的家业，到底应当向后代传承什么呢？事实上，如果排列组合下来，也无非就只有下述四种可能。其一，当然有可能除了赤贫本身，什么都不能传承给后代。而如果是那样的话，情况肯定会比较被动，因为孩子们的起点会相当低，什么都只能靠自己打拼，在社会上大获成功的几率，统计起来肯定会微乎其微，而充其量也只是慢慢向上流动，以便再给接下来的一代，去创造机会和充当阶梯。这样一来，也无非是意味着，又把所谓"传承什么"的问题，传给了后面的几种类型。

其二，也许人们未曾想到的是，相形之下或许更糟的是，只传给自己的后代以身外之物。这个起点往往看似颇高，而且身在其中的"幸运儿"，还往往会自以为特别优越。不过，由于其终点往往更加可怜或可悲，所以有时甚至比前一种的危险性更大。对于这一点，只需把中西的两句谚语连读起来，就可以看得很清楚了：一方面是，向来都"富不过三代"，或者"一代创，二代守，三代耗，四代败"；另一方面又是，只有"当过帝王者，方知当百姓之不易"！

其三，相对而言，主要是向后代传授了家教与素质。在这种情况下，孩子们自然也免不了要吃寒窗之苦，不过这样的刻苦训练，从正常的文化预设而言，却也正是他们砥砺人格的入门功夫，所以相比起来，就不会像前二者那么被动。比如，现代学术史上著名的绍兴周家、无锡钱家和义宁陈家等等，都主要是传递了这种文化上的家风。正因为这样，在中华文明还像个文明的时候，也就出现过许多家学渊源、子承父业的学者。由于他们在精神上相对富有，所以也就在人生的道路上，享有更令人羡慕的起点和轨迹。

其四，家长以高度的和双向的警觉，同时铺垫出精神和物质的基础，以使后代在较为均衡的平台上，进行较为从容和宽广的发展。不待言，这种全面发展的人生平台，肯定是最为符合大多数家长的愿望——尽管不怕败兴地讲，即使难能可贵地做到了这些，也并非不会再产生出新的烦恼，特别是，一旦被上代看重的、甚至被视作家族使命的前景，却并不为下代所认同和喜爱，此时过于厚重的家族产业，或过于辉煌的家学渊源，就反而会被视作负担或累赘。

中篇小说《一个企业主的童年》涉及重大的哲学命题：人是什么？来到世上干什么？吕西安作为企业主的继承人，前程早已由家庭为他安排妥当。但他自己不清楚自己是谁，该怎样生活，怎样决定自己的命运。他年幼时，按照家人给"乖孩子"制订的行为规范而行动，让他感到与演戏没什么差别。进入少年时期，他开始探索自我：我是谁？……经过长期努力，他摆脱了恋母情结，同性诱惑，胆怯怕事等等，但始终无法为自己界定。他觉得真正的吕西安并不存在，只有一具白生生的、彷徨无主的行尸走肉。"我是什么呢？"勒莫尔当的评语也不合适。他说，吕西安到头来变得像"一块明胶状透明物"。

再把话给说穿了，即使把上述两方面的基础，全都不遗余力地往下传递，在这个变幻无常的世界上，也不会有永续不败的家业，所以，对于自我基因的永远呵护，终不过只是善良的愿望罢了。万物有成亦必有毁，所以就像个体生命终将完结一样，任何曾经辉煌过的一家一姓，也总会由各种各样的偶然性，来打断其一厢情愿的授受进程。记得曾国藩曾经说过，商贾之家，勤俭者能延三四代；耕读之家，勤朴者能延五六代；孝友之家，则可以绵延十代八代。照此说来，即使是达到了十代八代，也仍属历史中的一个瞬间吧？

正因为这样，又记得林则徐当年在书房里，还曾挂上这么一副对联："子孙若如我，留钱做什么？贤而多财，则损其志；子孙不如我，留钱做什么？愚而多财，益增其过。"这既可以说是一种豁达态度，又可以说是一种忧患意识。事实上，无论短暂还是久长，也只有当这种忧患意识还在起作用时，一个社会单位的稳定与繁荣，才是可以去想象和指望的。由此可知，孟子所讲的"生于忧患，而死于安乐"，绝对是亘古不易的人生至理。对于一个个人是这样，对于一个家族是这样，对于一个国家也是这样，甚至，即使对于全体人类来说，也同样是这样。

所以可怕的是，正如我们一开始就说明的，一旦西风随着全球化吹来，这种经历过历史洗礼的、长期行之有效的家庭文化，便被"弃之如敝屣"地革除了，而更加可怕的是，对于由此所造成的、虽无形却又确凿的社会伤害，人们甚至直到现在还不以为意。也就是说，一方面，在当今社会各个成员之间，已经普遍失去了最基本的信任，这已是众所公认的、触目惊心的事实，它也使整个社会氛围都遭到了毒化；可另一方面，即使这样人们还是未能去反思，其实整个社会肌体的这种萎靡，是从家庭细胞的微观萎缩开始的。要是在这样的意义上，那么也的确可以说，我们这个民族的苦头还没吃够，甚至还有可能才刚刚开始。

四　始于家庭而达于天下

正因为认识上的晦暗不明，就更要参验惨痛的现实教训，来体会早已摆在那里的先哲教诲。无论如何，所有被动中最大的被动，还不是现实中是否存在着困境，而在于能否确认和反省这种困境。所以应当指出，最为悖谬和要命的还是，即使已经严重遭遇了缺乏家庭文化的问题，可由于长期施行的、先入为主的激进主义教育，人们对于问题到底出在哪里，是出于传统的存在还是出于传统的丧失，仍然很难去把握它的要领。也就是说，他们仍有可能懵懵懂懂地，把家庭文化丧失后所导致的恶果再次归罪于已经荡然无存的传统，甚至还企图去进一步毁坏这种传统，因为他们充其量能够了解到的传统，也无非就是官方教科书中描绘的传统。

他们无法理解的是，正如儒学一方面最是"为己之学"，却又最提倡"利他主义"一样，在人生这根微妙平衡木的两边，古代的儒者们也早就看到了，虽然一定程度的自卫和自保，在任何时候都是必要的，因为那正是个体生存的先决条件；但与此同时，却又必须高瞻远瞩地看到，恰恰是那种赤裸裸的自我谋私行为，如从长远的和发展的眼光来看，反而是最不能自卫和自保的。无论如何，不管是个人还是家庭，乃至沿着"修齐治平"的逻辑而外推出的、作为其他同心圆的社会组织，都必须既跟其他的相关社会单位保持一种良性的互动与平衡，又必须让自己的精神立足点，在不断上升的人格修养中，去朝着更为高远的境界迁移与提升。

所以，切忌过于简单化地望文生义。要看到，恰恰是为了保障个人的发展，乃至于保障家庭的和睦，像"家族传承"这样的念头，既可以是很有文化意蕴的，也可以是毫无文化可言的，既可以是很有社会担当的，也可以是全无责任心的，既可以是纯属自私的行为，也可以超越这样的杨朱立场，而把忧患的关切推广到全社会去。事实上，正由于有了这样的价值关怀，在"格物、致知、诚意、正心、修身、齐家、治国、平天下"的认同扩张中，人们才有可能在一种谨慎的权衡之中，并且在一个合理的限度之内去呵护他们作为基本社会单位的家庭——正如他们也同样可能充满仁爱之心地，去呵护任何其他的所属社会单位，比如社群、族群、家国乃至天下。

　　曾子曰："敢问何谓七教？"孔子曰："上敬老则下益

孝，上尊齿则下益悌，上乐施则下益宽，上亲贤则下择友，上好德则下不隐，上恶贪则下耻争，上廉让则下耻节，此之谓七教。七教者，治民之本也。政教定则本正也。凡上者民之表也，表正则何物不正。是故人君先立人于己，然后大夫忠而士信，民敦俗璞，男悫而女贞。六者教之致也，布诸天下四方而不窕，纳诸寻常之室而不塞，等之以礼，立之以义，行之以顺，则民之弃恶如汤之灌雪焉。"

夫温良者，仁之本也；慎敬者，仁之地也；宽裕者，仁之作也；逊接者，仁之能也；礼节者，仁之貌也；言谈者，仁之文也；歌乐者，仁之和也；分散者，仁之施也。儒皆兼而有之，犹且不敢言仁也。其尊让有如此者。

公曰："何谓贤人？"孔子曰："所谓贤人者，德不逾闲，行中规绳，言足以法于天下而不伤于身，道足以化于百姓而不伤于本。富则天下无宛财，施则天下不病贫。此则贤者也。"

梁王、赵王，国之近属，贵重当时。裴令公岁请二国租钱数百万，以恤中表之贫者。或讥之曰："何以乞物行惠？"裴曰："损有余，补不足，天之道也。"

由此也就可以看到，尽管正如前边已经述及的，家庭在儒家的思想体系中，作为教化的起点和修养的门径，对于任何具体的人生历程而言，都的确可以说是特殊主义的，不过，也正如我早已论述过的，这种生命成长的特殊印记，却不仅不应沿着西学的逻辑，被判定为儒学的致命弱点，反而应当基于本土的价值立场，把它视作既充满独特中国风格、又充满亲切人情味的优长。正因为"格物、致知、诚意、正心、修身、齐家、治国、平天下"的认同扩张乃是一气呵成的，其间并无其他文化中那种艰辛、阵痛与磨难的割裂、舍弃与背离，亦无需像寺庙或者修道院那样离群索居的苦修，而保藏着亲情和乡情在终生记忆中的美好印迹，所以它所主张的前后相随层层递进的树人过程，不仅不会抹平或淡化丰富而殊别的个人阅历，反而会鼓励不同风格的个性张扬。由此，这里展示出的是一种充满经验露水的、生意盎然的道德实践。也就是说，尽管日益领悟到集体共在的分量，个体却仍然为自己独特的性命而生活。"

之所以做出这样的判定，是因为我们已经了解到，儒家基于家庭而施行的德性培养，尽管立足于这个最小的和具体的社会单位，然而其人格培养的目标，却从来都是指向利他的、舍生取义的君子，而绝非自私自利的、"拔一毛利天下不为"的小人。在这个意义上，我们也同样应当意识到，尽管儒学对家庭投以了很高的重视，但那却并非出于纯然自私的目的——哪怕这种自私的动机已经稍有扩大，是指若干个共享着同一血缘的自我。正如我也曾进一步论述的："尽管在中西对比的框架下，曾被庸俗归约成家庭哲学，然而说到底，儒学的眼界却决不固执于家庭。相反,《大学》中这个层层外推的同心圆,倒是最为昭然无疑地揭示出——在人格境界渐次拓宽的应然顺序中,家庭之于修身的意义,也会不断地有所转移:若能通过'老吾老以及人之老'的外推过程,顺利获得对于较大共同体的关切,在家庭中焕发蒙养的亲情,固然可以构成推动'仁者爱人'的道德实践的心理动机;不过,要是因为什么缘故,不能把心胸顺利拓宽到更大的生命群体,那么即便是甚为儒家推重的孝悌之情,照样有可能反而成为人格成长的障碍。"

以特殊主义与普遍主义的分野来观察、描述和概括儒家伦理与新教伦理的不同,此种尝试始见于韦伯,后经美国社会学家帕森斯归纳发挥,这一被归于韦伯的看法传布甚广,成了几乎是今人普遍接受的定见。但在林端看来,视儒家伦理为特殊主义,以与新教伦理所代表的普遍主义相对照,这看法过于简单化。儒家伦理固然注重等差,但是推己及人,至于天下,其实是一种"以特殊主义为基础的普遍主义"。实际上,中国文化内部,就有仁与法两种普遍主义,前者是人伦意义的普遍主义,后者是客观意义的普遍主义。二者之间容有紧张和冲突,解决的办法,则是分别位阶高低,令后者服从于前者。所谓德主刑辅,刑以弼教,就是此意。由哲学上言,中国式的"以特殊主义为基础的普遍主义",体现的是理一分殊,一多相融的原则。

在这个意义上，虽则"始于家庭"、却又"心向天下"或"达于天下"的儒学，就确凿地传达出了这样的教诲：尽管家庭肯定属于最基本的社会单位，然而它毕竟又属于最微小的社会单位；所以，人们在这样的社会单位里，应当首先体会和习得"父慈，子孝，兄良，弟悌"的社会情感，再把这种修养逐步推广到社会上，而不是只把它据为一个谋私的营垒，然后再想方设法地跟全社会为敌。正因为这样，无论你自己的家庭怎么重要，它的内涵也不能无限地膨胀与扩张。也就是说，如果某个家庭的威权居然盖过了社群，那就会使得社群里的其他姓氏，乃至那些出了五服的本姓后裔，都在事实上成了它的家奴；进一步说，如果某个家庭的利益居然盖过了国家，则整个国家也不啻沦为了它的家天下，而如果那样去引喻失义，则对于家庭的呵护也就变成了专制的残暴。

正因为早有此种意识，中国的先哲也早就发现了，在"人皆可为尧舜"的高度预设下，在社会各阶层中保证相当的流动，乃是一个社会文明与否和平等与否的标志。也只有基于这样的价值观念，我们才能顺理成章地理解，为什么早在科举制落成的隋唐时期，旧时的门阀士族就已飞入寻常百姓家了。在这个意义上，跟"五四"时期的盲目指责正好相反，恰因它对于个人才能与努力的公平肯定，中国文明在所有的前现代社会中，才属于社会流动性最大的、从而最贴近人性的文明；而且，正如我的同事包华石教授反复强调的，这种中国式的平等观念在传入欧洲以后，还曾作为一种启蒙话语而启发了伏尔泰们。

当然话说回来，也是在"人皆可为尧舜"的高度预设下，即使获得了儒学所劝谏的上述改进，中国的古代文明也还大有改进的余地。此间最大的问题所在，就是它在未能突破传统型政治之前，尽管已经在帝制的社会前提之下，争取到了相对的平等与社会流动，却仍未能在合法性的来源上，去彻底突破一家一姓的家天下问题；而由此到了后世，尽管其他家庭都相对地平等起来，却唯有皇帝家族仍可免于这种洗牌。正如明清之际的大儒黄宗羲，在其《明夷待访录》中所愤然批判的："今也天下之人怨恶其君，视之如寇仇，名之为独夫，固其所也。而小儒规规焉以君臣之义无所逃于天地之间，至桀、纣之暴，犹谓汤、武不当诛之，而妄传伯夷、叔齐无稽之事，视兆人万姓崩溃之血肉，曾不异夫腐鼠。岂天地之大，于兆人万姓之中，独私其一人一姓乎？"不待言，也正是这种"以为天下利害之权皆出于我，我以天下之利尽归于己，以天下之害尽归于人，亦无不可。使天下之人不敢自私，不敢自利，以我之大私为天下之公；始而惭焉，久而安焉，视天下为莫大之产业，传之子孙，受享无穷"的家族自私行为，才最为雄辩地点燃了后世的革命火种。

　　黄宗羲在此处第一次明确否认了王朝之法的地位，他称之为"非法之法"——它"非法"，因为它唯服从皇帝一家之私利，而非人民的利益。此等品质恶劣的法，不仅不值得重视，而且与孔孟阐发的更高的先王之法相比，是完全无效的……凭借这种新的高于国家的法的观念，通过他主张的将君主置于这一更高的法之下，黄宗羲试图对君主的权力（根据法律规定和制度设置，这种权力与政府组织合而为一）施加一种宪政限制，而不是继续信任君主的自制能力——轻信君主的自制，这不独是儒家思想的缺陷，道家和法家思想皆然。

吾党常言，二十四史非史也，二十四姓之家谱而已。其言似稍过当，然按之作史者之精神，其实际固不诬也。吾国史家以为，天下者，君主一人之天下，故其为史也，不过叙某朝以何而得之，以何而治之，以何而失之而已，舍此则非所闻也。昔人谓《左传》为"相斫书"，岂惟《左传》，若二十四史，真可谓地球上空前绝后之一大相斫书也。虽以司马温公之贤，其作《通鉴》，亦不过以备君王之浏览。（其"论"语，无一非忠告群主者。）盖从来作史者，皆为朝廷上之君若臣而作，曾无有一书为国民而作者也。其大蔽在不知朝廷与国家之别，以为舍朝廷外无国家。

只可惜，在深层价值未能疏通之前，历史的躁动尽管自有其缘由，却未必就真能解决问题，反而很有可能去适得其反、欲速不达和"生出跳蚤"。事实上，推翻"一家一姓"的辛亥革命，已差不多是一百年前的事情了，然而打量一下周遭的情况，再对比一下历史上的既有成绩，那么，到底历史是发生了可喜的进步呢，还是发生了可怕的退步？——且不说像以往那样通过公平考试，从寒门中选拔出如范仲淹、欧阳修、苏轼那样的一代名臣了，就只讲在教育机会上的基本平等，我们也是越来越痛心地看到，偏偏在社会财富如此暴增的今天，那些来自农村和偏远地区的孩子，或者那些出身贫贱寒微的孩子，却反倒越来越受其出身的制约了。可想而知，这种在社会流动方面的反向发展，一旦使社会因鸿沟过深和过于固化，而最终坠入了全社会的玉石俱焚，那么，哪怕是最为谋私的个人与家庭，以及那极少数的"抱团取暖"的家族集团，到头来也会悔之莫及地发现，他们那种过于吝啬的、短视的自利行径，无异于愚不可及的自掘坟墓。

王介甫（即王安石）、苏子瞻，皆为欧阳文忠公所收。公一见二人，便知其他日不在人下。赠介甫诗云："老去自怜心尚在，后来惟与子争先。"子瞻登乙科，以书谢欧公。欧公语梅圣俞曰："老夫当避此人，放出一头地。"当时二人俱未有声，而公知之于未遇之时如此，所以为一世文宗也欤。

慈圣光献大渐，上纯孝，欲肆赦。后曰："不须赦天

下凶恶，但放了苏轼足矣。"时子瞻对吏也。后又言："昔
仁宗策贤良归，喜甚，曰：'吾今日又为子孙得太平宰相两
人。'盖轼、辙也，而杀之可乎！"上悟，即有黄州之贬，
故苏有《闻太皇太后服药诸诗》及挽词甚哀。

只有通过这样的对比，我们才能更深切地理解陈寅恪所发
出感慨："余少喜临川新法之新，而老同涑水迂叟之迂。盖验以
人心之厚薄，民生之荣悴，则知五十年来，如车轮之逆转，似有
合于所谓退化论之说者。"我们也才能更紧迫地体会到，重塑作
为社会支柱的家庭文化，恢复这个文明肌体的良性细胞，对于所
有的炎黄子孙来说，都是刻不容缓的任务。毫不夸张地说，如果
做不到这一点，那我们就根本无力去侈谈未来，不管做什么梦，
总归会沦为一场噩梦！

2013 年 11 月 10 日修订

追寻中国文化现代形态

最提倡国学的人，反而可能最了解西方

关于重新梳理中国的本土文化，我总是不断地提醒：当年清华国学院里的王国维、梁启超、陈寅恪、赵元任、李济几位先生，不仅国学水平是超一流的，即使以其西学水准而论，在当时的中国也是遥遥领先的。且不说那后三位曾经长期留洋的学者，即使是从未到过西方的王国维，也是第一个硬用西文去啃西学的中国人，而梁启超虽然只是通晓日文，但是他勤于游历、广交外国友人，又在不断复述信息的办报过程中，逐渐获得了对于西方社会的广泛通识。

正因为这样，我们现在也自觉地恢复了这样的传统——清华国学研究院恢复之初召开的第一个国际学术会议，就是在非常专业地讨论以赛亚·伯林的思想，特别是他对于"自由与多元"之困境的处理。如果有人对此感到不解：为什么一个国学院会这样来讨论西学问题呢？那么我的回答就是：这恰恰是清华国学院的固有风格。

再进一步说，为什么这些国学大师反有如此的西学造诣呢？就此我也写过长文《未竟的后期：〈欧游心影录〉之后的梁启超》，这篇文章的核心观点是，恰恰是在跨越与回归的过程中，以梁启超为代表的中国思想家们，才从国际视野中反观到了本土文化的价值。这一结论对当下中国的知识分子也同样适用，我们还是需要在跨越与回归的心路历程中，去重新构建中国文化的现代形态。在这个反复回环的构建过程中，我们要先走向世界去充满惊喜地扩大视野，然后再从跨文化的基点上，来重新反思那个既熟悉又陌生的、足以为我们带来同样惊喜的中国。

回想当年，梁启超正是在游历了欧洲之后，并且参照着现代西方社会的某些病痛，才返回到了文化相对主义的平等立场，意识到再一味地去鄙夷本土的文化，既是在学理上站不住脚的，也是在实践上相当有害的。这种更为宽广的态度，跟那些缺乏世界眼光的、视野狭隘的人相比，恰恰形成了明显的反差。

与此相应，在20世纪90年代以后我还发现过一个有意思的反差：如果在那些出过国的人面前去反思西方，那么无论是理论还是现实，你都很容易跟他形成对话和共识；但要想对那些没出过国的人去反思西方，他简直就想跟你拼命，反而觉得你是不可思议，你是思想落伍，因为对后边这一种人来说，西方社会就是一个理想国，一个寄托了一切可能的乌托邦，那才构成了他捍卫改革开放的动力。由此我想，对于这样的人来说，其实最简便的方法就是找个机会，推荐他到国外去访问一年，这样等到他归国以后，批判的意识自然就会被唤醒，再也不会无原则地说西方样样都好了。这个现象也从另一个侧面反映出，为什么西学造诣和国学造诣，反有可能是同步发展和相互支撑起来的。

在编清华国学院的《四大导师年谱长编》的时候，我还曾为它写过一个弁言，其中有句话，后来应编辑的要求不得不改掉了。原文本来是这样的："而今距离那个神话般的年月，已经过去了八十余载，就连他们那些同样传为佳话的门人，也已悉归道山。不过，到这时反而看得更清了：尽管在国学院的众多门生中，同样不乏一代宗师，而且其总体学术阵容，更是令人啧啧称奇；然而，如果从格局与气象来看，仍然不能不承认：居然导师还是导师，学生还是学生。"

那么，为什么"导师还是导师，学生还是学生"呢？举个例子，王力作为赵元任的学生，也早已经是著作等身了，甚至具体成果怕已超过了老师，但如果就其格局而言，他毕竟还是要在老师的规范之下，因为刚一进入清华国学院，他就已经意识到自己要毕生研究国学、特别是其中的语言专业了。而赵元任呢，他最早却可以说是无所不学的，包括了数学、物理学、音乐、哲学、心理学，而他最终以此名家的语言学，只不过出于他本人的自由选择。

由此我们也就看到了，赵元任对于国学的研究，是经历了一个自由选择的过程，并且具有广泛的西学背景，这样一来，他就对这门学科之外的东西，也能具有非常广泛的了解，足以知其然、更知其所以然，能在这门学科内部展开中西对话。而与此同时，这样的过程也自然就允许他，找到最适合发挥自己才情的学科，比如我们大家都知道，他对于音韵具有神奇的个人能力。

说到底，在全球化波及得如此深入的今天，我们更应当清醒地看到，绝对不会只在哪一个文化内部，就已经穷尽了所有的人间真理。而相形之下，中国学者的比较优势则在于，我们不仅在努力学习了解西方文化，还在努力体会涵泳中国文化，由此也有可能就比别人多懂了一种文化，几乎是先天就形成了跨文化视野，从而也就更有可能沿着文化间性去向上攀缘。

迎击着西学的严峻冲击，
率先把儒学的某些要义激活

无论人们想要肯定它或否定它，中华文明的主干毕竟还是儒家。而它在现时代所遭到的最大挑战，并不在对于科学技术的涵容上，而是突出地反映在制度文化方面。所以，尽管在儒家的仁学体系之内，做出一种顺应现时代的制度安排，并不会属于它的位阶最高的价值关切，但那毕竟也属于燃眉之急的文化建设。要带有紧迫感地认识到，在这两者的关系未能妥帖理顺之前，更具体一点讲，在儒学未能沿着自身理路推导到现代制度之前，或者说，在现代制度未能背靠儒学而得到文化支撑之前，我们都还不能沾沾自喜地说，已经算是找到了中国文化的现代形态。

已有过的尝试，比如新儒家的创新，严格说来也属于再造传统甚至发明传统，然而这并不能构成他们的罪名。我曾在芝加哥大学的专题讨论会上，对于霍布斯鲍姆的《传统的发明》进行了反思，他带领一批学者对英联邦历史中的建构活动，不管是殖民地的还是宗主国的，都不分青红皂白地进行了解构，这是很值得我们去挑剔和检思的。

事实上，所有历史中的建构活动，都必然要去勾连和延续过去，所以也都有可能去激活和发明传统。而所谓新儒家，如果从英语世界的相应表达来看，原是指程朱陆王的宋明理学，那同样属于对传统的激活或再发明。当然，我们一般指称的现代新儒家，则主要是指以熊十力、牟宗三为代表的儒学复兴运动，也就是通常所讲的儒学三期。那中间也充满了对于传统的再造或发明，而且这种发明肯定要渗入外缘文化因素，只不过，如果第二期的创造是渗入了佛学，那么第三期的创造就又渗入了西学。

新儒家自然也存在着一些学理问题，可它的总体精神却是值得认可的，它毕竟是迎击着西学的严峻冲击，又参照着全人类的普世价值，率先把儒学的某些要义给激活了。当然，由于西学话语的暗中牵制，它也在激活儒学的某些部分时，竟把儒学别的部分给省略或忽视了，而这样做并不见得都有道理。

比如，由于从康有为、梁启超开始，就特别重视德国哲学中的康德，由此从作为新儒家的贺麟开始，就偏重于宋儒心性之学的部分，而忽略了在一个正态分布的文化语境中，这种心学至少也是在跟理学相平衡的，更不要说理学还毕竟属于更正统的。

同样地，正因为有了康德在暗中立法，牟宗三才引出了《从陆象山到刘蕺山》的线索，却把程朱之学统统视为儒学的歧出，甚至连张载有关礼的论述也被判定为不熟或夹生。而这一点，直到美国的芬格莱特写出了《孔子：即凡而圣》，才被别人从人类学的视角给矫正过来，转而认识到礼仪作为人性的正面积淀，在人类社群中所发挥的潜在作用。

由此可以看出，正如我多次指出过的，西方自近代以来已经渗入我们太深，已经潜入到国人的意识地平线以下，所以此后对于中国观念的重新发现，往往都有待于对于西学的更深了解，甚至有待于西学自身的进一步突破。

当然，尽管也可能存在着上述问题，我还是很赞成新儒家的基本取向，因为这种姿态反而是超脱任何功利观念的——就算西方国家已经装备上了坚船利炮，摧枯拉朽般地毁坏了自家的文明，而且它的器物和制度层面也的确值得悉心学习，可是，如果一个外来文明真想赢得我们，它就必须真正说动我们的内心，而不是简单地从物质上把我们打败。

从这个角度来看，新儒学的意义就在于尖锐地挑明了，中国文明的历程不光是一个经验形态，进而，在那些历史经验后面还有个价值系统，所以，对这个同样体精思微的价值系统，就必须进行平心和平等的学术研讨，否则就不可能真正做到以理服人。

为中国文化的复兴留下一个伏笔，也为人类文明的多样性保留另一种人生解决方案

其实从西学刚开始进入中国起，中国人就从自己的先秦理性主义出发，发现了那中间其实暗藏着两套水火不容的价值系统，也就是我们寻常所说的两希文明。

利玛窦400多年前来到中国，就此开启了中西对话的漫长过程，而他当年最常用的论证策略无非是，先向中国人显示西方科技的进步，再把这个当作劝人信教的引子。可中国人的招子也很亮：那些好用的科技都可以留下，但那些让人想不通的东西，还是请你们拿回去吧！所有读过《四书》的人，都熟读了"未知生，焉知死"，也都赞成"不语怪力乱神"，所以在这种文化氛围中，什么样的离奇神迹都会失效。再说，这里原是个"无宗教而有道德"的文明，也不靠那些迷信玩意来劝人向善；人们甚至还会反过来觉得，要是非有个上帝看着才行善，这本身都已经属于不道德了。

到了新文化运动时期，情况大体上还是一脉相承的，中国的学者当然愿意迎迓德先生、赛先生，然而那都是源自西方中的

希腊传统，而除了这些可以想通的东西，一说到什么洪水、方舟之类的迷信，那些来自亚伯拉罕宗教的东西，他们也就忍不住要当作笑柄了。

说到这里，还真在网上看过一个这样的笑谈，不知道是不是中国人自己编出来的。在课堂上，有位老师正讲挪亚方舟的故事，却有一位名叫阿呆的同学，觉得自己的脑瓜子有点跟不上："除了乘上了方舟的生物，地球上的生物都被淹死了吗？"老师对这种说法当然是一口咬定，没想到阿呆却又问道："那鱼呢？"竟把老师噎得只能怒斥一声——"你出去！"

无论如何，凡是稍有儒学常识的人，总不会比这位阿呆还呆吧？而让人痛惜的是，我10年前在斯坦福大学客座，被拉去听了一场布道，却发现一大批来自北大、清华的中国学生，竟然只听了三言两语的宣讲，就已经被拉进基督教的怀抱了。我看了真是感到痛心，觉得这完全是中国教育的失败。

我本人正是北大、清华的老师，而那些孩子正是我们的学生。如果这些来自中国的顶尖学生，在国内受到过正规的国学教育，至少是知晓了《四书》的基本内容，那么即使他们到了大洋彼岸，又听到基督教会的布道宣传，在权衡之下觉得人家更有道理，于是便选择了去皈依别人的宗教，那也可以算是他们的自由选择。可问题却在于，这些同学在国内并未接触过国学，被灌输的理论反而同样是来自西方的，虽然表面上是无神论，却在结构上跟基督教相当类似，就像孔德所剖析的那样，属于从宗教中蜕变出的形而上学。正因为这样，这些孩子一旦听到了类似的教义，甚至在内心中都没有任何挣扎，就高高兴兴地去皈依教门了！

从这一点再来反省，我们就更能体会到新儒家的价值。无论如何，人类的文明历程是不能中断、只能延续的，它有着须臾不可断线的路径依赖。一种精神传统，哪怕只在一代人那里灭绝过了，它都很难再薪火相传下去，而这个文明的所有发展潜能，也就随之而不复存在了。既然这样，新儒学在西学来势汹汹之际，首先去抢救出儒学的价值内核，从而以主要同西方哲学进行对话的策略，为中国文化的复兴留下一个伏笔，也为人类文明的多样性，保留了另一种人生解决方案，这种守先待后的努力当然无可非议。

只有基于这种不卑不亢的态度，才会从长期的
怅惘迷失中，把自己的文化主体性找回来

一个社会共同体，终究需要它的"卡里斯玛权威"，而一旦失去了这种潜在的意识，则不管它在发展途中多么急于求成，都势必会反而一脚踏空，掉落进蛮荒的石器时代，只能从底部的深渊重新开始。事实上，即使中国在物质上变得强大了，摆在面前的也只有一条合理的生路，那就是在西方文化的冲击下，既要努力去学习西方的长处，又时刻都在念念不忘，要以外来资源激活

自身的传统。

这就是当年曾经被污名化、而近来又被我重新解释过的"中体西用"，如果更开阔一点来看，它和日本的"和魂洋才"之路，印度人的甘地主义，乃至俄国人也是先抛弃又重拾的"斯拉夫主义"，都属于同样类型的历史选择。

这种调适型的智慧在提醒大家，历史的动因并非只在外部的推力，还更取决于内部的接受机制。再说得透彻一点，如果我们彻底否定自己的传统，那就好比是在心灰意懒地判定，我们在历史上从来都只有奴性，那么，这群天然带着奴隶基因的奴隶，还怎么去争取那种"生而自由"呢？因此，也只有转而反向地暗示大家，我们从来都不是这样的奴隶，从来都未曾安于被奴役的地位，从来就禀有值得尊敬的精神传统，才能真正从思想上解放国人！

美国汉学家狄百瑞写过《中国的自由传统》，从那本书里可以了解到，儒学原就有争取自由的传统，而发展到明末的黄宗羲那里，更是达到了挑战君权的高峰；正因为这样，等到西方的政治理论传播进来，那对于真正的儒者来说，也不过就是正中下怀、恰合我意罢了。只有基于这种不卑不亢的态度，我们才会从长期的怅惘迷失中，把自己的文化主体性给找回来。

不妨再看看，从梁漱溟到徐复观，正是这些最纯正的现代儒者，由于坚守着内心的信念，反而最敢顶撞不可一世的威权。他们这样去做，当然也不违反西学的信念，然而更加主要的仍然在于，他们原就有舍生取义的牺牲精神，原就有士可杀而不可辱的无畏态度，原就有秉笔直书的优良史德。

我翻阅陈寅恪父亲的诗集时，发现就像陈三立这样的人，在读到严译《群己权界论》之后，也会专门写首诗来褒扬穆勒，说他是"萌芽新道德，取足持善败"，由此也就更加鲜明地凸显出，以往是把前人和历史都看得太偏了。所以说到底，任何人只要自身介于本国的历史中，他也就介入了我们的文明历程，而这样一来，如果他本人很看重自由的观念，他也就没有理由再自相矛盾地说，这个文明的历程从来都在排斥自由。

出于同样的道理，在清华大学的学术氛围里，最积极的就要数所谓"独立之精神，自由之思想"了。如果梁启超从《易传》里摘引出的"自强不息，厚德载物"，一直被作为我们的校训的话，那么，陈寅恪这句刻在纪念碑上的名言，就可以说正是我们的伟大校魂。

这已经是大家嘴边的常识了，但不知人们是否想到过，为什么如此强调独立、自由的校魂，偏偏是由国学院的一位导师提出的，而这位大学者又向来都主张"中体西用"，也从未讳言过自己"平生为不古不今之学，思想囿于咸丰同治之世，议论近乎曾湘乡、张南皮之间"？在这些看似矛盾的历史事实中，到底透露出了怎样的消息？如果大家都能仔细地寻思，就会由此解开很多思想的谜团。

在本土传统的精神资源中，埋藏着对于制度文化进行建构的积极潜能，以及进行更深层文明对话的潜能

怎么评价儒学对于当代中国的意义？如果不是从我本人的业师李泽厚常常提到、却从未讲清楚的"西体中用"这样的外部视角，而是从"中体西用"的内部视角，来重新考量本土儒学，那么我们不会满足于让它仅限于私德。

比如刚才提到的、符合儒学气节的"独立之精神、自由之思想"，难道这样的思想也只具有私下的意义吗？难道它不该在校园里蕴成公共风气吗？再说，当古代中国发明出在那个时代最能向上流动的科举制时，难道不正是践行着"人皆可以为尧舜"的儒家思想吗？还有，当黄宗羲讲出"岂天地之大，于兆人万姓之中，独私其一人一姓乎"的时候，难道不正是遵循着泛爱众生的儒家学理吗？

由此我们也就可以发现，所谓儒学私德论的最大弱点，在于仅仅肯定了西学的普世价值，只愿意通过西方文明来为全人类立法，而看不到在本土传统的精神资源中，也同样埋藏着对于制度文化进行建构的积极潜能。

更重要的是，儒学还不光是往往跟外部舶来的、被认作先进的观念不谋而合。如果仅限于此，那么人们也许就会觉得，只靠西学的价值来支撑公共领域就行了，甚至作为私德的儒学也就

可有可无了。可事实上，儒学作为一种独立的价值体系，还具备同西学进行更深层对话的潜能。

比如，现代民主制的基本预设在于 individualism，由此才生发了种种迎合这种作为主义的个人的观念，就像合理性资本主义所必须倚重的、在价值理性上又相当悖谬的消费主义。对于这套已被当作了天经地义的观念，儒学完全可以基于自己一贯的立场，发出言之成理的质询或置疑：个人是否应当被这样独化出来，以至在 individual 后边加上了 ism，在天地间突显出自己唯一的优先性？具体而言，他是否应当从原本所属的、作为层层扩散的同心圆的社群中独化出来，变成一个贪婪而孤独的、作为逻辑起点的自我？他是否应当从生存的环境中独化出来，放纵着私欲而对自然进行无止境的攫取？还有，基于这种孤独自我的现代性，要不要对当今世界上人与自然、人与社会、人与他人、人与自我的全面异化，承担起最主要或最起码的责任？

由此可见，当我们援引"民吾同胞，物吾与也"的先哲观念，来呼应晚近兴起的生态哲学和星球意识时，就更没有理由认为这些思想到了当代，竟只能龟缩到一个狭小的私德之中。

再进一步说，真有哪种道德只属于私德吗？我对这种说法还有点迟疑。道德原本是产生于主观间的，或者说是"从人从二"的，虽然就它的修为而言，可以属于一种高尚的"为己之学"，然而就它的目标而言，却注定要指向身外的他者。从这个意义来讲，把私和德连缀起来，恐怕正好比在说"方的圆"，在逻辑上是讲不通的。

无论如何，道德总是用来调整人际关系的，而一旦将其压抑到私下的领域，它本身也就没有多少存在的必要了。由此可见，沿着"西体中用论"讲出的儒学私德论，还是忽略了本土文化的主体性，看不到它还能有更多的积极意义。

只要转而看看鲜活的本土语境，得出的判断就会大不一样。在当今的中国，正从它的社会底层涌起了国学热。而在这种热潮中，由儒学所代表的价值尺度，当然应该积极介入到社会建构中，促请大家打从现代社会的根基处，去反思在人与人、人与自然方面的失衡关系。在这个意义上，儒家思想是同样具有批判力度的，它完全可以从自身的价值关切出发，建立起具有儒学风格的文化研究学派，去对许多社会现象进行尖锐的批判。

如果到了这样的大环境下，再来面对"儒家何为"或"儒者何为"的问题，要是还去一味地强调儒学只是私德，那就会陷入类似消极自由那样的怪圈：只让个人去想着怎样独善其身，而不把价值关切带到公共领域中；可反过来，由于公共领域的狭小和塌缩，所有的私人都势必受到挤压，所以，单个的个人越是只想去独善其身，他的此身就越不能得到保全。

因而，也只有幡然醒悟地转过念来，认识到作为几个主要的世界性文明，由儒学所代表的独具特色的价值理念，不仅在轴心期相对而言毫不逊色，甚至还可以说，就是到了诸神之争的当今世界，在其他宗教理念都在相互解构与证伪的时候，也唯有这边的先秦理性精神才显得毫不过时，反而显出了同科学理性的相互融合与支撑。

认识到了这一点，那么在保护文明多样性的意义上，就更不能认定只有西方价值才能约束公德，而中国的价值体系充其量也只是不无小补，否则，就不仅对于本土传统是有失公正的，而且对人类的未来也是不负责任的。

儒学在它同当代生活的若即若离中，需要巧妙地拿捏好此中分寸，避免进退失据，而做到左右逢源

儒学的发展中，从来都充满了紧张、歧义与误读。正因为这样，我才在为《德育鉴》所写的导言中说，千万不要随便找哪位小秀才，把这些采自《四书》和《宋元学案》《明儒学案》中的语录，翻译成虽说简易却必失真的现代汉语。否则，在读书时想要偷懒的读者们，就很难从中体会到在创化这些思想时，所曾经感受到的风险和曾经怀有的紧张。

还是因为这个，我曾在《读武侯祠》中指出了这样一种吊诡：在一个有限的历史进程中，儒学之所以有所成的手段，偏偏又正是它有所失的途径。一方面，只有入世才能匡世救民，由此儒者才曾在一个君主专制的特定政治结构中，尽可能多地争取到了爱民、清廉、尚贤、使能、纳谏、勤政等等比较贴合它那人

本理想的开明政风，以至和别的文明在其发展进程中所产生的同类整体比较起来，中国古代社会的考试制度、监察制度等等，都显示了独到的成绩；然而在另一方面，只要入世又必然沦落随俗——由于儒者们因太看不下去生民涂炭而不辞人间烟尘，由于他们必须以承认君主专制的合法性为代价，来赎取统治者对自家价值观的首肯和让步，所以他们在很长的历史阶段中，就只能去充当君主的讽喻劝诫者，而不能成为其叛逆批判者。

儒学在当今时代的发展，也同样充满了风险和不确定性，即使是在国学已经渐热的情况下——甚至正因为国学已经逐渐热了起来。我们应当警惕的是，即使只是在旺盛的市场需求下，便已看到了名副其实的投机者，他们正以唯利是图的活动方式，打着儒学旗号来损害儒家的声誉；更不要说，要是它哪一天更为主流了，那么各种各样灵异、神汉和鬼才，肯定都会加速地应运而生，而且肯定显出"恶紫夺朱"的势头。

对于此，正如我那本新书的标题所示，我们毕竟是立足在"思想的浮冰"之上，关键还在怎么去小心拿捏，去寻找尽量安全的、不偏不倚的中道。所以无论如何要记得，儒学在历史上毕竟表现出了，它跟统治者既有二而一的一面，也有一而二的一面，还是要在思想上拉开距离，否则就不可能自由自在地运思。

说到这种若即若离分寸感，让我想起了康德当年的拿捏。他曾经谨慎而有趣地权衡着：哲学家的头脑，当然不同于国王的头脑，而一旦等同于后者，哲学家也就没了自家的头脑，也就不再成其为哲学家了；但同时，哲学家也不能惹国王发疯，否则一旦被砍了头，哲学家也就没了自己的头脑，也同样不再成其为哲学家了。实际上，这又是一块需要去权衡的、两边都很危险的浮冰，尽管康德用了不同的表达方式。

毫无疑问，如果连研究儒学的人们，也全都忙着去瓜分各种科研经费，那么，儒学当然是很难有出头之日的。而说到这里也不必讳言，尽管在安静的书斋里，我是很喜欢阅读儒家典籍的，可一旦到了闹哄哄的会议论坛，面对着那些吃儒学饭的脸孔，心里也着实感到很是腻味。不过反过来，你也不能只因为腻味这些脸孔，就觉得连从孔夫子到王阳明都不足取了。毕竟这种乱糟糟的学术集市，与其说是由儒学的价值理念本身所导致的，不如说是由些没出息的儒学者所导致的。

所以话说回来，这种流俗的局面还不会是事情的全部，而儒学的发展势头还终究事在人为。正像康德在那种左右为难的拿捏中，仍然维护住了自己的思想自由，从而思考出独到的人生解决方案，终究成为人类历史上的大哲一样，儒学在它同当代生活的若即若离中，只要能巧妙地拿捏好此中的分寸，也并非一定会感到进退失据，相反倒有可能显得左右逢源——也就是说，它既可以拿出若即或介入的姿态，就像徐复观当年所做的那样，对于社会现实发出激烈的批判；也可以拿出若离或高蹈的姿态，回到学理层面来冷静地反思。而无论是追求外王还是内圣，它终究都是在以严肃的姿态，去对社会做出自己应有的贡献。

在当今这个世界上，儒学同时立足在一高一低的两个层面。一方面，正如前面写到的，一些现代政治理念可能是正中儒学的下怀，所以它也理当参与到现代政治的运作中。需要澄清的是，以往一提到"中体西用"之说，人们就会先入为主地误以为，它是主张只接受西方器物，而拒绝西方制度的。可是，正像我最近在《再造传统》中指出的，这种误解只是出自对于历史的无知；而实情恰恰相反，张之洞在他的《劝学篇》中，倒是明确说过"西学之中，西艺非要，西政最要"的话。另一方面，儒学所关切的许多更深的问题，又是现代政治哲学所无法解决的。尽管政治哲学在没落了这么多年之后，如今又突然再度在西方流行起来，甚至被视作了所谓"第一哲学"，但必须看到，这种哲学毕竟只是哲学的一个分支，而现代社会所遭遇的许多问题，还要升入更高层次的总体学理中，才能摸索到真正全面的解决之道。而儒学本身，恰正属于这种更高层次的学理，它有自己更高层面的价值追求，也应当能为人类社会的进一步发展，提供来自独特视角的参考意见。

我们这一代人的最大的历史使命，就是去追寻中国文化的现代形态。就这个使命而言，儒学也还是面对着两个层次的挑战。一方面，儒学当然要以积极介入的态度，加入到对于这种文化形态的建构之中，因为它本身就属于中国文化的价值内核，本身就背负着对于本文化的重大责任。另一方面，儒学又需要以宁静致远的心情，以兼听则明的态度，去吸纳各个文明、特别是西方文明的营养，而与此同时，也是应对着当今人类的各种挑战，来谋求自身体系的递进。

在这个意义上，我们追寻中国文化的现代形态的同时，也在谋求着儒家思想的现代形态，两者正属于一表一里的同一进程。而在这样的进程中，我们一方面当然应该熟读经典，体会到古代圣贤的用意与心志；而另一方面，在获得这种人生智慧的前提下，我们又不应只把儒学限制于哲学史，而更要应答着变化的当代生活，去大胆而富于创意地代圣贤立言。唯其如此，儒学才会获得自身发展的张力，才算是重又被贯注了活力与生机。

辑二

作为一种发展战略的文化建设

文化热与文化冷

文化好像是很热过一阵子。就像对体育、气功一样，一时间沸沸扬扬，不管懂不懂，练过没练过，都讲得津津有味。当时，就连最没有文化的人，也都开口闭口"中国文化如何如何"，"西方文化如何如何"……

没有必要嘲笑这种现象，关键在于去思考它背后隐藏着什么东西，要问文化为什么会热，就应该先问问我们国家为什么只有经济体制改革研究所？如果我们承认社会是一个有机的系统，那就应该承认它的改革也应该是一个系统工程，要对它的各个层面进行协调的改造。而有关政治改革的研究、文化改革的研究却显得滞后。这是为什么？

这种状况首先是历史造成的。在改革刚刚起步的时候，我们举国上下只能在经济层面的现代化上找到共识。当时提出"四个现代化"这样一种口号，并没有什么不对。相反，如果把全部需要解决的问题都一锅端上来，想毕百功于一役，那反而会使改革加大阻力，难以启动。但是，我们必须认识到：仅仅把一场现代化运动局限在物质层面上，毕竟是有很大缺陷的，而且随着改革的深入，这种缺陷会越来越暴露。

从历史的角度看，认识到这一点并不困难，因为我们过去已经交过一次学费了。从主要关注器物层面的洋务运动，到企图解决制度问题的戊戌变法和辛亥革命，再到高涨现代价值观念的"五四"新文化运动，中国现代化的先驱者们已经在这个层层逼近的思路中走过一遭了。那中间有过许许多多令人悔恨的历史教训，使中华民族痛失过赶上世界潮流的时机。所以，稍有近代史常识的人都会问：难道我们非得再交一次学费不可吗？那样的话，中华民族会被一误再误到何种地步！

文化问题正是在这种背景下热起来的。这种情况说明了人们在深化改革的问题上已经做好了达成共识的思想准备。这是潜藏在人们心中的对改革的巨大推力。因为文化热毕竟和体育热或气功热不一样，它热衷的不在于那个对象本身，也就是说，那么多人大谈文化，并不是因为他们全都不约而同地感受到了这种或者那种文化的魅力，而是因为他们意识到了这场牵涉到切身利益的改革运动似乎缺少某种舍此就不能成功的东西。当时，对于决策者来说，根本就没有必要对文化热衷的某种观点进行裁决，因为无论哪种观点都是以各自的方式呼唤与新的物质文明相匹配的新的精神文化。所以，应该顺势把人们对于文化问题的热情集聚起来，使我们民族在一个更完整的现代化目标下统一认识。

可惜，要么是对文化热的积极涵义没有理解，要么是即使理解了当时也无力抓住它，总之文化是白白地热了一回。而最新的发展是，人们对文化问题的热情已经冷了下来，或者说，文化热已经被辍学热代替了。文化再次成了少数文化人的玩物或者苦苦为之奋争的目标，而大多数人则再次恶性循环地关切起眼前的利益来。在这种热情的消退中，不能不说是隐藏着一种对全面改革的失望。

反文化与无文化

我们这样对不起历史赐给我们的时机，历史不可能不报复我们。如果说文化热还遗留下什么东西的话，那就只是一派消极的悲观情绪。这种情绪由于现实的制约而不得不去寻找一种曲折的和变形的表达。所以，人们才普遍去项庄舞剑般地骂老祖宗没出息，骂中国文化只能造就我们这些"丑陋的中国人"。电视系列片《河殇》之所以会引起那么大的社会效应，正是因为它既反映又迎合了这种心情。

我们当然应该去逼问中国传统文化内部为什么不能够导出现代指向。但这并不等于说，我们如今在现代文明的入口处迟迟挤不进去，也全归于传统文化。其实，中国文化传统在我们的现实生活中早已不复存在了，现在只留下古代大厦的残砖碎瓦；我们若把现实的困境统统交由一种文化宿命论来解释，那就会使我们丧失历史主动性和推卸历史责任。

值得深思的是：在人们抱怨中国传统文化拖了我们后腿的同时，台湾的经济学家却在担忧传统文化的丧失将会减弱他们现代化的势头。那么，问题到底出在什么地方呢？我认为，关键就在于我们没有能够建立起一种新的、符合现代理性的文化规范去对传统文化进行一次再整合。尽管我们的传统文化在其基本走向上跟现代文化风马牛不相及，但由于历史无法割断或者重新开始，我们绝不可能在一片文化真空中开展现代化运动。古代的大厦确实没有现代的功能，但如果你真对那楼上的每一砖一瓦都深恶痛绝，那我们就没有建筑材料来改建新楼了。因此，最关键的问题还是我们要拿出一张新的建筑蓝图来，然后挑选旧楼的砖瓦和构件，让它们都服从新的设计要求。这样，传统文化中符合现代化需要的那一部分就会发扬，不符合现代化需要的那一部分就会萎缩，整个社会自然会全面地得到革故鼎新的转型。比如，中国人确实能吃苦耐劳，这和传统文化中的安贫乐道有关，而中国人又确实盼望能大吃大喝，这似乎也和乐感文化有关。一个"乐"字，把这两面都包容了。如果我们能够有一种新的社会规则和理性规范去重新整合这种心理的二重性，它本来构不成对现代化的威胁，只有促进它。

正因为这样，我倾向于把我们目前的状态称为"无文化状态"。也就是说，既不是传统文化，也不是现代文化，既不是东方文化，也不是西方文化，只是一种最没有着落的无根状态。

任何一个社会共同体，总要有它的价值标准，有它的行为规则，才能在短期目标和长期目标、利己和利他等等之间维持一种基本的平衡，它自己才有可能存在下去。这才能叫作一种健全的文化。而我们现在实际上因为失去起码的规则，什么都走了样，最豪华现代的计程车也叫你享受不到现代生活快节奏的效率，最历时悠久的四合院也叫你享受不到古代生活安闲悠然的情调。可以说，由于立不起正面的东西来，人们往往把东西文化的负面东西都发扬起来了。我们有西方的性解放却没有西方的个性自由，有古代的裙带风却没有古代的考试、监察制度，有古代的官本位却没有古代对文化教育的重视。中国的改革不论如何改，但在最该变革的地方却偏偏以不变应万变。因此，在逐步活跃的市场经济和制度层、文化层之间产生了巨大的落差。为什么"上有政策下有对策"？关键在于政府显示不出现代国家的功能，为什么思想政治工作收效甚微？关键在于你说的东西早已滞后于现实的生活，这就使得我们的社会整个儿像一场没有比赛规则的足球赛，老的规矩失效了，新的规矩立不起来，连裁判员都不知该怎么吹哨，所以只能引起越来越多的球场骚乱。

必须有强烈的文化危机意识

还是从球场骚乱的比喻说起。如果一个野蛮人看到这么多人为一个球争得你死我活，大打出手，他会以为人们缺的是那种球，所以他会认定，只要发展经济，多生产一些球，让每人都抱上一个，问题也就解决了。但如果一个文明人听到了这种看法，一定会笑着告诉他，生产再多的球也没有用，因为他们缺的不是球，而是玩球的规则。我们的情况正是这样。

过去，我们总以为历史的起点只是物质生产，上层建筑里的事只有等吃饱了肚子才能做。这种单线的因果决定论完全忽视了精神取向和文化氛围在现代化运动中的同样不可偏废的重要作用。正因为这样，我认为应该特别研究一下韦伯的思想。为什么哪里深入进行现代化运动，哪里就兴起韦伯热？首要的原因就在于韦伯强调了文化的内部精神与资本主义兴起之间的必然关系。韦伯认为，在合理型的资本主义形成之前，资本主义的理性精神和物质质料都必须先行呈现，缺一不可，因为只有两者的结合才能产生革命性的综合，导致现代的经济类型，而这种情况凑巧最先出现在西方。从这种观点来分析我们今天的现状，不难看出，如果我们的改革只强调物质层面，不强调文化精神层面，那中国就永远只能是一个瘸脚巨人，根本无法放开步伐跟上现代化潮流；即使你把经济发展放到再突出的地位，它也很难高速发展，因为文化氛围不能保证一种合理的行为模式，经济活动也就不可能得到理性化操作。因此，我们完全可以对那些总以为吃饱了才能搞文化的人说，要是没有文化，就总也吃不饱。

文化关系到一个民族的精神素质，反映出这个民族有没有具备进行现代化起飞的心理基础。这一点，早在"五四时代"就已经被认识到了。比如胡适就曾打定主意要在思想文艺上为中国的现代社会建设一个革新的基础，他认为这种新文化建设是真正能治中国病根的一副缓药，见效虽然慢，却能为中国真正造下"不能亡之因"。令人痛惜的是，在 70 年之后，在中国的改革为此付出了惨重代价之后，我们似乎仍然没有在这样一个问题上统一认识，仍然目光短浅地以为在文化上的投入是见不到效益的。真不知道要到什么时候，人们才能头破血流地再一次把圈子兜回来，开始下一轮的文化热。

因此，借此机会，我要向全社会大声疾呼——我们不仅要有经济上的危机意识，也要有文化上的危机意识，我们要看到，文化上的失范将比经济上的失控更长久地拖中国现代化的后腿。所以，除非我们主动地迎合现代化潮流去建立一种新的合乎理性的文化规范，否则，巩固改革、深化改革、保卫改革的想法就只能是空谈！

文化从来是一个整体。在从传统社会向现代社会的转变过程中，根本由不得你挑挑拣拣，想要这个层面而不想要那个层面。因而，只要现代化的按钮一启动，各个层面现代化的问题总是要被提出来的，而且迟早是要解决的。在这个问题上早走一步，中华民族就多一分主动，成为亚洲经济巨人的理想就多一分现实可能性。

尽快制订和实施文化战略

制订和实施文化战略，我们首先需要确定一个发展的总方向。

这个总方向不是别的，正是理性的文化规范。它是一个现代社会赖以生存的基本生命线，是共同生活着的现代人的基本交往规则。我们必须首先确立的，正是这样一种理性的社会规范的权威。

当然，一个社会中理性规则的逐步完善和理性权威的逐步树立，是和它的全体成员的理性精神的成长同步的。但即使如此，我们还是应该把规则先立起来，把它作为一种新的价值准则。

只有经过反复的讲理和较量，让每一个社会成员逐步认识到：想要不守规则地来谋私利，只能是适得其反，只有老老实实地按规矩公平竞争，才是对自己最有利的。只有到大家对理性的权威心悦诚服，并且自觉地把维护理性规则看成是维护自己正当权利的时候，我们这个社会才能找到一种秩序，才能正常地开展它的活动。

现在，有关新权威主义的讨论正是热门。也许，鼓吹这种口号的人所带来的唯一积极的东西，就是大声疾呼地提醒大家，由于文化的失范，我们这个社会正在日益地失控。一个社会的确需要权威。但我认为，真正顺潮流合民意的权威，只能是理性的权威，而不是哪一个人哪几个人的权威；甚至也不是政府的权威。在宪法之下，政府和每一个个人一样，都只是一个必须遵从的法人，只有这样才能符合它的长远利益，才能保证社会的长治久安。在这方面，政府必须和所有公民一样学会理性地行为和操作，在政治体制改革的过程中进行现代化的转型。只要一个社会是建立在理性的规范下，是正常有序地向前发展的，那么，这个社会就可以保持它的向心力，可以使人们热爱它，为它做出积极的贡献。我想，只有到社会的每个成员包括政府都为了自己的权利不被损害而学会了随时准备进行"护法战争"的时候，我们才真正算有了理性的勇气，才算是启蒙启开了窍，才算是把中国送上了轨道。

最不应委屈的，还是学术良心

矛盾越来越突出了：已经很少有人不在抱怨那个既外行又强势的学术体制了，却又很少有人能够摆脱它那全能型的"宰制意志"。网上甚至有人用这样的语言，来夸张地形容它那吞噬式的诱惑——"你要我的钱，我要你的命"。正因为这样，也就难怪有年轻学子在模糊的对比中，恍然觉得就连那个战乱频仍、物价飞涨且经常欠薪的民国时代，都要比现在这种窒息的氛围更适于做学问。

可是私下里，自己却在内心中唱着反调：即使在那个思想最遭禁锢的苏联，不也还出现了肖斯塔科维奇的音乐吗？即使在已被炸成残垣废墟的列宁格勒，老肖不还是写出了他的《第七交响乐》吗？所以说，相对于并非衰落的民国学术本身，我们这一代人更应当记取的，还是当时的学人以内心中的坚持、以"不被决定"的坚毅精神，来守护他们毕生挚爱的学业。设非如此，他们又岂会在如此艰危的时局中，为我们留下了可供承继的一线学脉？

同样地，眼下的这四卷《〈中国学术〉十年精选》，也可以属于一种"未被决定"的例外。这倒不必非要等到后世，大家现在来平心读它一过，也就可以确信无疑地知道，无论当今的学界怎样被批评为堕落，但只要哪位学人的良心尚没有跟着堕落，而不在乎短时间是否被承认，不在乎各种以基金名义掷下的封赏，那么，他就仍然可以做到立地成佛，从而以自己坚忍的努力来证明：毕竟在偌大的一个中国，真正称得上研究的严肃学术，还不可能被横蛮的外力彻底荡平。

非但如此，在当今的这种环境中，我们还可以趁着全球化的契机，包括不断扩充的图书馆收藏，和快速迅捷的国际互联网，也包括日益密切的学界互访，和渐趋多元的财力资源，来向往日的学术记录发起极限冲击。正是上述昔年无法想象的便利，使我们比起前几代的师尊们，有了更加优越充裕的治学条件，所以在这种情况下，也完全有理由反过来说，要是我们还没有能把学问做好，那么归根结底，病根还在于自己内心的缺失，正所谓"非不能也，是不为也"！

的的确确，随意打开这套《十年精选》的任一卷，无论是它的《德性与价值》或《文化与记忆》，还是它的《艺术与跨界》或《历史与突破》，都可以看到群星灿烂般的作者群，其中不少还是国际学界的领军人物，注定要被永久性地写入学术史。而如果再考虑到，他们在这里所发表的论文，都还是经过严格匿名评审、细细切磋打磨的作品，而且这些作品在最初刊发时，按照《中国学术》的操作规程，基本上都还属于全球首发，那么，读者们也就不难想象到，当代的知识生产已经走多远了！

当然，还是有必要来预先提醒，由于这只是篇幅有限的选集，规定了每人仅能被各选一篇，所以还只是一番匆匆的巡礼；而读者们如想更多地了解，还只能是经由这里的指南，去阅读更加浩繁厚重的原刊。不过即使如此，这种学术选集的存在本身，却已经可以示范性地证明：如果更相信自己的学术判断，更听从内心学术良知的感召，而不是任由外在蛮力的牵引，那么，尽管我们脚下的土地并不完美，但我们仍可能就在这块土地上，去逐渐打造出一个国际级的学刊，并且就在这样的学刊上，去为我们自己的子孙后代，逐渐苦熬出一种可资承继的学统。

正因此，尽管这里只给出了少量样品，仍希望邀请读者借此鉴定一下，这本期刊究竟在多大程度上，实现了自己在"发刊词"中的愿望："提升我国人文及社科的研究水准，推展汉语世界的学术成就；增强文化中国的内聚力，促进中外学术的深度交流；力争中文成为国际学术的工作语言，参赞中国文化现代形态在全球范围内的重建。《中国学术》的涉猎范围，囊括人文及社科诸方面，但更提倡此二翼渗透和互动，即人文研究指向社会问题，社科研究显出人文视界，力争以'人文与社会'为轴心，追求学科交叉和科际整合。"当然，这决不意味着我已认定，本刊业已切实达到了这个目标，但我却敢向大家这样来担保：无论在过去还是未来的操作中，我们都时刻牢记着这样的目标。

另一方面，读者们还自可明鉴，尽管这里的作者都属于一时之选，而且这些作品也都是他们的精心之作，但这也并不自动地意味着，他们由此所达到的学术结论，就已经可以代表真理本身了。即使我们仍然愿意相信，真理这东西总还是存在的，它也只存在于这类学者的艰深对话中，而且这类的对话、辩难与检讨，还将是开放性的和永无止境的。事实上，就我个人所面临的工作抉择而言，认识到此种对话性的关键作用，正是创办这本学刊的主要动力，否则的话，我当初就会把自己主要的精力，投放到多写几本只属于个人的著作。

在这个意义上，创办和坚守这样一本学刊，如果仅就个人的治学而言，或许仍可以算作一种牺牲。这是因为，就算是再愚钝再木然，我也并非完全不知道，在验收学术成果的现行机制下，如果太去放纵作为大我的想象，那么，对于小我只能是有百害无一利。不过，对于这样的一种牺牲，我本人却并没有什么好抱怨的。这又是因为，从自己的学术训练和学术良知出发，我无论如何也忍受不了那种杨朱式的想象：竟可以任由中国文化去怎样破败，而只要自己个人作为一位翘楚级的学者，对于它的研究还能堪称一流，还能受到认可。

正因为这样，真正要在这里特别感谢的，还是十几年来一直在默默支撑着本刊的、奋勇地冲击在学术一线的作者们。他们不仅以其深湛的求学态度，在共同确保着本刊的论证质量，还更以其职业化的诚敬精神，来忍耐本刊率先施行的、有时难免显得严苛的双向匿名评审制度。此外尤其重要的是，他们还更和本刊编者站在一起，拒不相信在这个日渐扁平的世界上，还有比学者本身更懂得学术的人，不管这些人打着怎样令人目眩的名义，也不管这些人掌管着多少令人艳羡的、原应能做点好事的资源。

2013 年 4 月 19 日于清华园立斋

汉学不是对中国文化的简单复制

在如何看待汉学家的研究成果上，很多人都有这样一个误区：与国人的认知越是相似，就证明对中国的理解越是深刻，就越是优秀的汉学家。我就曾经听到某位教授在演讲中发表了这样的论调：某某汉学家所发表的观点，是最靠近我们中国学者的观点的，这实在是难能可贵。

但我从来都不这么看。

正好相反，如果到美国亚洲学会的年会上开会，或者到哈佛广场的书店里挑书，我最倾向于忽略的，往往倒是那些用中式英语写出来的作品——我这里是指那些先被我们在国内训练出来，又考托福去那边移民的所谓汉学学者，他们的东西往往最是一览无余，听个开头就知道后面想说的是什么。都是熟悉的套路，没有什么新鲜的知识。

所以，至少对我个人来说，汉学作品的可贵之处，恰恰在于它们是能给我带来新奇感或具有颠覆性的认知。而这种颠覆性说到根上，是来自它们在文化上的异质性。虽然汉学分明是在讨论着中国问题，却仍然属于西学的一个分支，贯注的是西方世界对中国的视角，凝聚了西方学者对于中国的思考，而不是对中国文化的简单复制。

非常宝贵的是，正是由这种思考所产生的异质性，才构成了不同文化间取长补短、发展进步的动力。反过来说，要是所有汉学家对中国文化的观点与认知都变得与中国人如出一辙，我们反而就失去了反观中国问题的参照系。正因此，我一直都在主动追求、并组织引进这种知识上的异质性，尽管外国汉学家们也经常以不靠谱的乱弹琴，惹得我勃然大怒或哈哈大笑。

此外，作为改革开放的一个有机部分，汉学著作已经构成了国内新一代学人的必读书籍，有些学者甚至以汉学热来形容。而对于它们的持久不断的阅读与消化，也持续地突显了中国研究本身的跨文化性质。换句话说，在当今这个全球化的时代，即使一位读者只是在关心着中国问题，他的阅读视界也必定属于跨文化的。

然而同样的，我们也一定要警惕这些作品的异质性和颠覆性。特别是，由于它们采取了中国研究的形式，并且讨论着中国历史或现实中的细部问题，其异质性和颠覆性就往往更加难以被人自觉地意识到。若不保持警惕，国内的汉学研究者往往会被国外汉学家的观念所同化，原来是以别人的视角作为参照，却让别人的视角变成了自己的视角。

作为一个可资对比的例子，恐怕中国台湾中研院一些研究所，其主干力量基本都来自美国东亚系，在这个意义上，他们更像是美国汉学的一个支部，根本不敢怀疑他们老师的观点，甚至有的时候，他们还对之沿用了传统的孝道。大陆的情况虽然才刚开始，但也已经有唯恐学得不像的苗头，从文章的标题到研究的立意，莫不如此。更严重的是，只要能看穿问题的症结，其实当今知识界很多无端的滋扰与迷局，都是由一些食洋不化的、被汉学家训练出来的汉学生们所引进的。

于是在一方面，我们必须怀着强烈的求知欲，自觉意识到任何一次开卷，都是在主动拥抱新异的知识。我们决不能如此地故步自封，指望有人以其独立的研究来验证我们固有的和老旧的知识，不能因为某个汉学家的结论跟我们中国人一样，就认为他是难能可贵的。否则从中我们就什么都学不到。

但在另一方面，对于这种跨文化阅读中的异质性，我们又不仅要知其然，还更要知其所以然，不能盲目崇信这些新异的观念。要具备深厚的汉学史知识，从而了解那些汉学家的言说背景，了解那些学术话语的来龙去脉，了解别人可以说出来的和不便说出来的，以便同时看穿他们的洞见与不见。

身为一个中国人，我们的未来还要取决于自己对于中国的了解和判断，以及自己基于这种知识而做出的文化选择。不管是什么样的知识和范式的更新，都要经过自己头脑的思虑和处理，而不是亦步亦趋地听凭别人发落。只有这样，我们才能算得上是善于利用跨文化阅读中弥足珍贵的汉学资源，才能在中华文化与不同文化的映照中丰富自己。

社会自治可驯化政治力

2015 年 11 月 24 日，以"改变——中国在世界中的位置"为主题的冬季腾讯思享会在北京实友学堂举行。清华大学国学院副院长刘东在群议环节发言，他认为仅仅靠放开二孩的政策是无法真正实现人口的反弹的。中国文化依附于家庭，如果家庭带给我们的文化意义无法恢复，"我相信中国人只会想到再生一个孩子要多少钱，这样我们的老龄化就没有办法解决了，家庭生活当中的韵味，'每逢佳节倍思亲'也都不存在了"。以下为刘东发言实录。

我们现在面对的根本不是李白的那个山川

对于今后十年，我有一个词是"路口"。各方面都是一个路口，你可以走到正路上去，也可以走到邪路上去，你可以往前走，也可以往后走，危机感在这儿。

第一件事，生态能不能回头？为什么我这辈子大概很难理解唐诗了？其实我们现在面对的根本不是李白那个山川，因为全部都变了。那能不能缓解，让我相信火车在往那个地方开，虽然我看不见火车头？这是我忧虑的问题。

有没有治理好的呢？有，我在《读书》上发表一篇文章，推荐了一本研究沙旋的英文著作，这本书说美国的科罗拉多州曾有过"肮脏的 30 年代"，农民把草甸子都挖起来了。当时雨水充沛，不了解什么叫厄尔尼诺，他们正好应着世界粮食市场的要求挖起来的，可是后边出现了干旱，没有雨水。风尘一直吹到芝加哥和纽约，美国农业部做了一件大事，把所有的土地收回深耕。现在你看那里一片鹅黄或浅绿，仍然成为一个旅游胜地。

只有中国的环境保护专家都是科技专家

我这个文章一写，中央电视台、中央人民广播电台的人来找我都只为一件事：他们只愿意听好话，说能治好，但是怎么治他们就不想听了。后来这本书叫人译出来了，叫《尘暴：1930年代美国南部大平原》。这本书三联书店出了，卖得特别不好。那几年正好巧了，没有沙尘暴，弄得我们责任编辑感叹说："怎么还不来沙尘暴，让我们卖出去几本，收回成本。"什么意思呢？中国人可以埋怨天气，但是中国人很难愿意去阅读一些关于环境史的重要著作。

怎么导致的呢？我来自清华，我们那儿环境系是一个自然科学系，我给你说一个很大的例外，全世界的环境主义者都是人文学者，只有中国的环境保护专家都是科技专家。他们以为利用一个科技就可以改变前边的科技带来的恶果，他们没有想到这件事情必须从生活方式的改变、思想的转变入手，这是我对生态忧虑的问题。

死记硬背的应试教育下的创新是不可指望的

接着说经济，为什么产能这样发达，人家反而不买了？我们要高速增长，至少保持一个速度才能达到脱贫。那我们走没走出中等收入的陷阱？这是一个很大的问题。别的不说，我说一条，你这样来料加工的话，就有一个创新的问题。我经常在美国看见很好的东西、想买回家，拿到柜台了，翻过来一看"made in china"，可是中国人看不到，是美国人创新以后来料加工的。

从我作为教授的角度来说，如果我们的教育还是死记硬背的应试教育，创新就终究是不可指望的。我先教北大、后教清华，我的学生里边有很多状元，但是他们不会创新，他们的博士论文主题都是我给的。一个博士论文题目都找不到，怎么可能做出能打败乔布斯的新成果？

现在全世界都在读一本叫《西南联大国文课》的书，为什么西南联大那么贫穷、那么小的一个学校，出了这么多伟大的大师？当年我们的老先生何兆武先生路过茶馆，他看到两个西南联大物理系的才子杨振宁和黄昆在聊天。黄昆就问，爱因斯坦那篇文章你看了没有？杨振宁说看了，毫无创造性。何兆武先生心里想：这两个物理学才子真不得了，连爱因斯坦都敢骂。可惜现在杨振宁先生不承认他说过这个话，但这句话多好啊！四分之三的中国都失去了，还是念念不忘要创新。当然，他如果后来没得诺贝尔奖，就是狂生了。

不恢复家庭的文化意义，中国人口不会真正反弹

第三个忧虑，中国对人口学的研究太少，人口能不能真正反弹？其实全世界的教训都是，人口下去了就上不来。现在放开二孩只引出了一些笑话。为什么下去就上不来？因为中国文化依附于家庭，孟子的学说"老吾老以及人之老，幼吾幼以及人之幼"，从家庭里操演出社会的感情，然后推演到社会上去，这个文化一断掉就起不来了。我们现在一个很重要的问题，从国学家的角度来说，不光是称谓没有了，更重要的是家庭给我们带来什么样文化的意义。如果这件事不能恢复，我相信中国人只会想到再生一个孩子要多少钱，这样我们的老龄化就没有办法解决了，家庭生活当中的韵味，"每逢佳节倍思亲"都不存在了。

社会自治可以驯化政治力

第四个就是，我们的社会能不能达到自治？在这个地方不

需要别人说了算，你自己可以说了算，说难听了就是搭一个窝棚，不让它进风雨了，如果大家都搭，就是公民社会开始成立了。如果大部分事情社会行动了，政治统治就开始缩小了。你说与虎谋皮也罢，古代人没想到我们把老虎弄成这样了，变作了被保护动物。其实与虎谋皮不是猎人干出来的，而是农夫干出来的，他们的耕地在一点点地扩张，我们只要一点点去做自己的事情，慢慢地政治力就会被驯化。

前几天我的好朋友钱永强推荐了一本书叫《人性中的善良天使》，我刚看完。里面就讲人类暴力在不断地减少，如果这还不是进步，那什么是进步？钱永祥马上接着这个话说。但我还是有一点保留，因为我们在学术上有两个词，一个进步，另一个词叫作帕累托改进，"improvement"。我昨天正好上课讲到这个，同学们就笑了。我老师跟我说过，最坏的政府都比无政府好，当时说这个话好像很反动。但是你看中东的事实，萨达姆、卡扎菲，现在他们深刻地理解到我老师说的这句话了。可话说回来，这就是霍布斯说的"利维坦"，一个国家暴力出来后，马上把全民驯化了。如果你特别倾向于暴力，你必然早一点就被逮到监狱里去，你的基因就没法遗传。在这样一个时代，人就被驯化了。所以光这样还不够，还要读大卫·曼斯菲尔德那本《驯化君主》，人类有两次驯化：第一次是君主驯化我们，第二次是我们驯化君主。如果不能驯化君主，他随时都有暴力给我们。

中国文化的意识形态需要王国维、陈寅恪那样的头脑来思考

最后一种是文化，能不能创造出中国文化的现代形态？现在大家都知道街上倒个老太太你不敢扶，有人说怎么老人也变坏了，也有人说其实是坏人变老了。我们就是在一个毁坏文化的时代发展过来的，现在真不敢扶。我认为在中国国学教育中有很多毛病，如果现在的新一代人都是念着"人之初，性本善"长大的，我们本身就有可能有一个比较好的老年。如果还照红卫兵的样子去煽动，无论名义上积累了多少财富，最后都会完蛋。

回到我的话题，中国文化的意识形态需要卓越的头脑来思考，换句话说，要本院早年的王国维、陈寅恪来思考。可这样的人何在？我之所以有这样的危机感，是因为我在新的导师里面是最年轻的，这里有一个问题，陈寅恪先生、赵元任先生当时被聘为国学院导师的时候，只有三十岁。国学到这种程度怎么办？我仍然得追问：我的后继者在什么地方？如果后十年我能看到这样的后继者，那么那个时候我就可以思考我的退休问题，可以满怀希望地去交班。总而言之，正是鲁迅说的"心事浩茫连广宇"，每一个事情都是一个路口，满眼都是路口，满腹都是牢骚，满腹都是忧患，如履薄冰，战战兢兢。究竟该怎么办？好在十年很快就过去了，让我们拭目以待。如果大家能做什么就做什么，但是你做了什么，你就要为你做的那件事负责。

真正的儒者会拥抱世界

中国和西方一度被置放于相互对立的位置，彼此攻讦。与此相关的是，传统文化与国学在中国整个近代史里的起起落落。而时至当下，中国该如何面对全球化的浪潮，传统文化和国学又如何在全球化浪潮中自处？

2015 年 11 月 24 日，清华大学国学院教授刘东做客腾讯思享会活动并发表主题演讲，与我们分享了他对全球化、国学以及中国文化未来等方面的见解，以下为活动内容整理。

全球化是一场博弈，对它置若罔闻将成输家

托马斯·弗里德曼是《纽约客》最受欢迎的作家，他写过一本书《世界是平的》，表示全球化已经把世界变成一个整体了。另一个荷兰学者则意识到全球化是双重的，一方面全球化把世界缩小了，另一方面全球化又创造了差异意识，激发了地方独特意识，把世界扩大了。

我给全球化的定义是一种相反相成的运动。在无可回避的外来文化冲击下，我们并非只能是全面被动的，也是心怀警觉的；既要加入，又要去抵抗；既要从本土中抽离，又朝向它再嵌入；既在领受其裨益，又在疏离其损害；既接受它的标准化，又启动了传统的再发明；既拥抱普适化，又去在地化；既进行向心运动，又发展了离心趋势；既去享受全球化的好处，又去欣赏个性化的特色。

事实上，关于全球化的争议还有很多。自五四以来，由西方文化带来的全球化，实际上也一直在给我们带来困难。所谓西方，是由两希文明杂凑而成的即希腊和希伯来。正因此，一方面代表了最先进的科学，另一方面又表现为最落后的迷信；一方面表现为最清醒的理性，另一方面又表现为最狂热的说教；一方面带来了最人性的民主理论，另一方面却又带来了最狡诈的政治权谋；一方面带来了最繁荣的市场经济，另一方面却又带来了最飘摇的未来风险；一方面带来了最发达的物质生态，另一方面又带来了最异化的个人生活；一方面带来了最活跃的社会流动，另一方面带来了最单调的休闲活动；一方面带来了最活跃的精神创造，另一方面带来了最无聊的文化垃圾。面对如此幻影的国家，只要自己国家还没有彻底沦为殖民地，只要自己的文明还不乏起码的主动性，难道就不能做出文化选择和文化利用吗？

像一句谚语所说的："愿意的，命运领着走；不愿意的，命运推着走。"在当下中国，我们既看到了历史的断裂，又在努力让文明延续，既要跨越国界，又要回归文化的本真，是带有杂音的双向发展。既然我们认识到了铺天盖地而来的全球化浪潮，那么大家只能咬紧牙关以昂扬的姿态积极地行动，来承担这种无可规避的责任。正如有学者形容的那样，全球化对于全体地球人来说，意味着一种输赢之间的博弈，最可能的输家就是对它置若罔闻的人。

真正的儒者会诚挚地拥抱世界

我在北大有一门课，叫作"漂移的中国性"。从来没有一个中国性是不动的，文明从来都在跟周边文明互动，都在进行良性的对话。然后，在不断演进的历史进程中把自己推向一个又一个高峰。更何况，历史发展到今天，全球化俨然成为了外部的态势，改革开放也成了内部的共识，就更谈不上故步自封和闭关自守了。因此，问题的要点不在于到底要不要革新和跟进中国文化，而在于革新的主体是否具备起码的自主性，否则由此而来的文化真空和价值失重，将带来严重的失序和紊乱。

过去由于长期受到文化激进主义的洗脑，人们往往会先入为主地把当今遭遇的一切不合理，统统归罪于历史上的历史学派。其实，大规模守护和弘扬国学，跟所谓开历史倒车根本扯不上什么关系。事实上，真正的儒者到了全球化的时代，也会诚挚地从西方政治理念中看到很多积极的因素，并由此生出拥抱世界的精神。

20世纪下半叶真正敢出来说话的人，恰恰都是大儒家，无非就是梁漱溟顶撞了一回，陈寅恪顶撞了一回，为什么？因为他们有精神的传统。我们清华大学的校魂——"独立之精神、自由之思想"那也不是别人写出来的，恰恰是国学家写出来的。

最糟糕的，是自我殖民化。比如胡适把国外汉学家的心态移入进来，他是个内部的人，却用外部的心态去做研究。外加现在来自发达国家文坛和高校的吸引力又诱惑了不少人，一些本土的知识人和文化人精明讨巧地盗用了中国化的名义，去刻意制作专供西方评奖的影片，专供西方拍卖的绘画，专供西方翻译的诗歌，专供西方比赛用的音乐，产生边界的文化赝品。一旦在西方获得了廉价的掌声，又会回过头来出口转内销。

另一方面，拿中国台湾跟我们相比，某种意义上它含有更多外来文化的要素，从而也更富有现代化的特质。同时，台湾也更强烈地坚持了历史的延续性，也保住了文化传统。这种千真万确的文化事实比任何巧舌如簧的雄辩都更有力地证明了在新文化的延续主体下，一个古老文明的形态仍然可以有多种选择，仍然可以构成不同的排列组合。

实现中国文化的现代形态，是一代人的使命

我们今天看上去还挺繁荣，因为我们还剩最后一个支撑我

们的事情——大家想吃好点、喝好点，这就是杨朱，"拔一毛利天下而不为"。中国是一个儒杨复古的结构，把儒打掉以后，就只剩杨了，整整13亿的杨朱。

这场以对私利和私欲的追逐和满足作为唯一心理动机的现代化运动，长久视之，确乎在制约着当代中国的发展。因为整个社会终究是要靠各个成员超出自己的企求，才能得到良性的发展。如果我们不能够找到适合自己独特国情的发展模式，只是盲目地追随来自西方对大自然的掠夺的形式，人们也许会很快发现，这种有史以来最大规模的超高速发展，终将演成一次波及世界的灾难性盲动。

历史告诉我们，由于气候变迁和环境恶化而败亡的人类文明，远比迄今存在的文明更多，而且这种彻底败亡主要源自于人类自身的活动。反过来说，如果我们能够发挥自己文化的主动性，找到适合于中国独特国情的发展模式，我们不仅有可能大大缓解这种空前的危机，甚至也有可能再次焕发出中国自身的智慧，创造出善待这个小小星球的、具有永恒价值的文化玄想。

由此可知，真正的当务之急，不是追求GDP的多少和增长，而是有效地激活本土文化的原创力。在这个意义上，如果我们能以更加积极的姿态宏观地展望整个世界史，在中国文化和全球化之间也有可能构成某种更加具有能动性的关系。

回到雅斯贝尔斯所说的2500年前的轴心时代，由孔子及其他先秦思想家所提出那样一个独特的人生解决方案，那个让伏尔泰兴奋不已的无宗教而有道德的文化模式，一直是人类文明史中不可或缺和非常宝贵的财富。就是这样一种无宗教有道德的思想路径和解决方案，接受起西方科学来，比西方自己的意识形态更加无缝地接轨。

沿着这样的思想轨迹，我们还有理由发出畅想，在全球化的中国文化之张力中，或许正蕴含或预示着某种真正的解决方案，这个方案绝不会是由某一个文明去碾碎、消解和吞并其他的文明，不管它多么优秀、优越。

费孝通先生憧憬过的文明共生状态："各美其美，美人之美，美美与共，天下大同。"如果说，在全球化铺天盖地的口号冲击下，"中体西用"的口号意味着在文明的接触、对话、博弈和共生中进行一种谨慎的调试，今天我们必须进一步看到这个调试本身并不是我们的目的。我们必须实现中国文化的现代形态，也就是说这块土地上未来的文化模式必须是标准现代的，但对全球化的汲取和适应必须是典型中国的，由此显示出对历史传统的激活和继承。这是我们这一代人的使命，是我们伟大实践的终极目标。只要找不到它，我们这个社会就找不到北，就会日渐地紊乱下去。而一旦真正确立了它，历史虽然会发生损益，但就像孔子所说的——"虽百代可知矣"。

真理原在辩难中

——就"海外中国研究丛书"答南都记者问

南都 回到最初的原点：最早版的"海外中国研究丛书"上，顾问是李慎之、金克木、戈宝权，主编是李泽厚和庞朴，而你和姚大力是副主编，为什么会这样？

刘东 我们那一代学者中，很有意思的一点是，往往有人年纪虽不大、辈分却不小。像陈嘉映跟着熊伟，陈来跟着冯友兰，姚大力跟着韩儒林，都像是直接续上了张三丰的老儿子。那时候，由于正朝着民国时代的学术回归，老先生就跟我们比较贴心，而跟中年学者的关系反倒相对隔膜。当然，像李泽厚和庞朴这样的翘楚，由于在智识上比较超前，则又可以说是其中的例外。至于你问，为何选择那三位老先生当顾问，这应当是说明了，我们一上来还是想要广角环顾的，即同时向他们讨教来自西方、印度和俄苏的汉学。但后来证明，这样的顾问设置并不成功。从整个世界的实情来看，西方汉学还是一枝独秀。

创办这套丛书的时候，我自己还只是个博士生，担心老师嫌我不专心写论文，就把李、庞两位导师顶了上去，而把实际的操作者即我和大力，只写成了副主编。不过从一开始，就是我和大力一手操办的，选题都是我亲手确定的，丛书的总序也是由我执笔的。李老师当然也改了几句话，把我在面对那片书海时的战战兢兢，改成了他那种成竹在胸的口气，而且他还特别标明，此后连一个字都不许更改了，这就是他一向的脾气。这样一来，虽然自己对这些改动很挠头，也只好姑且先这样了。不料到了20世纪90年代，整个语境和气场都转变了，又不得不应着出版社的要求，把所有这些虚应故事都去掉。

南都　像周国平、何光沪、沈宗美这样编委具体发挥什么作用？

刘东　由于我本人独特的经历，是从南京出发而负笈北京，就有了一南一北两个分编委会。不过，实则在北京的分编委会中，主要是我一个人在独力支撑，不像南京的分编委会还有实际活动。那时候，至少在名义上，都喜欢拉出这么一个阵容，让新兴的学界结成一个群体，去和作为机构的出版社谈判，这是80年代后期的一种常态。所以，后来有很多人包括我自己，都成了所谓的编委专业户。另外，由于当时的出版社，还不具备足与编稿的相应编辑，编委会的成员也就有了额外的任务，那就是帮着一字一句地校阅，而如此需要耗时和献身的任务，现在回想起来都不可思议！由此，出版社发下来的、本来就少得可怜的编辑费，也就是每千字三五块钱，主要也都要分给相应的责编们。

由于我在此之前，已经是"走向未来丛书"和"文化：中国与世界"丛书的编委，就知道如何去组织和运作这种编委会，而如果没有这股凝结起来的力量，出版社也不会买这些年轻学者的账，让渡出相应的选题权和审稿权。当时，我的主要合作者是姚大力，他当时正在职掌南大历史学系，是很难得的有思想的历史学家，先是我在南大结识的学长，后来则结成了一生的好友。此外，还有后来下海的段小光、张继武，以及沈宗美、钱乘旦、张伯伟等，我们经常在一起吃饭议事。需要特别提及的是，南大在打开国门这方面，曾经相当靠前甚至超前，其主要标志就是那个中美中心，可以从那里得到最新的图书和信息。

南都 你当时最早接触到"海外中国研究丛书"是怎样一个过程？

刘东 当时能读到的书毕竟还少，其主要来源有这么两个：第一，刚才已经提到，主要靠南大和霍普金斯大学合办的中美中心，它不仅自己有相当不错的收藏，还能从霍普金斯大学本部直接调书。第二，刚才也已经提到过了，戈宝权算是我当时的亲戚，我在他的相片下面贴上自己的相片，这样按照当时的规定，也就可以顶着他的名义去借书了，这在当时的年轻学者中，很算是一种优惠的特权。这样，我就经常利用北图的西文新书陈列室，它当时还设在北海那边，从我借住的干面胡同社科院宿舍，很容易就可以骑车往返。

我对这些汉学图书的看法，有过一些不断递进的变化。一上来，只是单纯看哪本书好，看它是否帮我解开了一个疙瘩。比如像《胡适与中国文艺复兴》这样的书，就曾让我觉得顿开茅塞，所以它当然就会被选中。要知道，我当年就住在罗尔纲的楼上，他正是胡适的三大秘书之一，所以看过他笔下的胡适回忆，当然会有先入为主的印象。然而，只是看了贾祖麟（格里德）的书之后，才知道原来胡适也有另外一面，而老先生们在压力下写出的回忆，还更多的只属于乞求过关的交代材料。

然而，仅仅这么单篇单本地看，并不能识得庐山真面目。像史华兹的《寻求富强：严复与西方》，我就曾多次引用过它，而每次的感觉都不太一样。照我现在看来，他是摆放了一长串特别精巧的多米诺骨牌，以便单纯从思想史的角度来解释：中国人起先是喜欢英美思想的，然而由于特别急于救亡，严复就创造性地误读了穆勒，反而把作为价值的个人主义，只当成了一个撬动历史的工具，用它来寻求集体即国家的富强，于是这种解读就从英美倒向了法国，再从法国倒向了集权的苏俄，从而有了中国产主义的兴起……且不说这是否符合历史事实，因为你如果看看殷海光的叙述，就可以知道中国的自由主义者，仍是把严复当作思想的先驱。问题的更大关键在于，这本书潜在的理论预设，只是建立在类似柏林的自由主义理念之上，所以它对穆勒思想的理解，也只是建立在牛津的伯林之上，而不是目前更流行的剑桥学派之上，不能去了解自由主义本身的历史生成问题。——如果不是这样，那么此书对于严复的那些批评，只怕从一开始就不能成立。

所以，无论汉学还是西方的中国研究，其实都还是西学的一个分支，是所谓 Western Scholarship on China。在这个大脉络下，尽管我们的确煽起了汉学热，然而不无遗憾的是，还很少有人真正能读懂那些书。你必须要在具体的历史语境下，沿着西方学术的自身脉络，去研读每一本特定的汉学著作。从这样的要求出发，我在北大开设汉学课程之前，曾经按年份排定了汉学大事记，尽量让每本图书都各归其位，以便去设身理解它们的产生语境。正因为这样，也许我还算稍微知道这张知识地图的人。也正因为这样，自己也就站在了一个看似尴尬、其实恰到好处的位置：既不断去热心引入汉学家的著作，又率先去号召跟他们尖锐地对话。如果这些书能帮我们找到真理，那真理也只在彼此的对话过程中——这个过程诱使我们不断调整自己的位置，去更全面地、多角度地观察同一个事物。

南都　那么很多年轻读者怎么办？

刘东　他们就更要加强知识间的串讲和勾连，否则的话，如果只有兴趣或时间去看某一本书，而又想从中找到想要倚靠的支点，那么这样的读书活动，就不仅不能带来精神的自由，反而会带来思想的枷锁。顺便说一句，我们就在清华倡导对话的学风，不断地把著名汉学家请到校园，让同学们高山仰止地听讲演，当面领略名家的风采与思想；然后，在他们的讲演刚刚结束之后，我和我的同侪又马上站起来，毫不容情地、劈头盖脸地提出商榷，请讲演者当场就予以回答。据说在这个时候，同学们也觉得最有收获，甚至有的同学对我说，他就是专门来听最后部分的，因为看高手过招最为过瘾，知道真理原来是在彼此辩难中、在方生方成中。

有很多人都提出，希望能由我能提供一本汉学知识地图。我也的确制订了类似的写作计划，比如那本尚在手边的《洞见与不见》，就是在分析中国研究的种种成就与缺点，这部讲稿已在北大讲过很多遍，今后总会找出时间把它整理好的。但即使这样，我还是只能去讲最精彩的部分，而不会事无巨细地进行描述，那样的话篇幅实在太过浩大，而且也实在不符合我的性格。不过，反过来我还是要提醒，如果你想学术性地进入汉学，还是要做很多细致的笨功夫，就像我当年做过的那样，否则就很难去 deeply reading 和 close reading，也就很难真正体会到其中的文心。

南都 "海外中国研究丛书"开始于 20 世纪 80 年底丛书热中期，如何看待其他丛书给你的影响？

刘东 刚才已经说过，从体例制订和体制创新来说，"海外中国研究丛书"是 80 年代丛书热的产物，所以在一定的意义上，所有诸如此类的丛书，都是在向"走向未来丛书"学习的，而它的率先创办是有里程碑意义的。当然，后来从丛书的规模和内容来说，"文化：中国与世界"更有后来居上之势，而把这两个编委会加在一起，也就构成了当时北京的主要知识团体。

即使不说这种失去的可能性，而只是从学术文化本身来说，那两套丛书对我本人也相当重要。我当时在自己的口语习惯中，把刚创办的"海外中国研究丛书"说成是"小丛书"，而把前两套成型的丛书则说成是"大丛书"。那个时候还不可能料到，后来这种大小竟颠倒了过来，那两套丛书都戛然而止了，反而是"海外中国研究丛书"成了第一大的丛书。从当时的心情讲，那两套丛书更属于大家的事业，甚至更是我们各自的心头肉，我自己写作或翻译的前三本书，即《西方的丑学》《马克斯·韦伯》和《维特根斯坦哲学导论》，全都贡献给了"走向未来丛书"，而且我也越来越参与它的活动，从作者变成了编委，又从编委变成了《走向未来》杂志的副主编……

南都　从他们身上也能得到一些教训吧？

刘东　我从中积累到的经验就是，做丛书只能去"朝花夕拾"，而绝不能去揠苗助长，要人家限期写完一本书。我加入"走向未来丛书"的时候，它早已成为一种固定的而且相对成功的模式，那就是先由编委会去忙碌一年，再由出版社到了哪月哪天，从成都飞到北京来取走成稿。这样做，肯定是有助于大造声势，而且如果创办前有所积累，那么最初几年也肯定红火。只是，如果从知识生产的角度讲，你要求作者必须快速写出来，其内容就一定会泥沙俱下，而且你为了赶任务也只好将就，所以弄到后来就会日渐被动。

正因为有了这些教训，所以我后来创办丛书的时候，都是要找到一个知识领域，在其中业已看到了大批成熟的果实，可以从容进行我的采摘活动了；另外，这个领域最好还是鲜活生长着的，所以去创办一套这样的丛书，就是要去开辟一个知识的增长点，只要人家那边的学术活动不停止，我们这边的翻译活动也就不会消歇。我在江苏人民出版社的六十周年纪念活动中，就曾反复强调说明过，正是这些自我作古的编辑活动，改变了以往对于丛书的理解——"它要引进的是总体的知识领域，它要成为的是中国研究界的窗口，它要采撷的是不断涌现的域外新作，这样一来，它的规模壮大就没有止境，除非国外同行都不再写书了，或者写出来的都不再是好书了！"

当然，就我个人的求知欲望而言，跟汉学家们对话了那么多年，也未免有点觉得效益递减，所以对我本人的智力拓展，反而不如别的知识领域，来得更加新奇、激发和过瘾。当然，反正这些汉学名家们，也大多都结成了好朋友，等他们出了新书我还会选的。不过，就我个人的主要关注点而言，却会把精力再挪到其他领域，那至少对我个人更重要也更有趣。

南都 这个丛书的未来发展，你已经讲过，是要做一些补偏救弊的工作，那么推出"女性研究系列"跟"海外学子系列"，是不是也是一个新的方向？

刘东 将来也许还会有"中国美术史系列"等等。美国的中国研究的主流，是以历史学研究为其基本形态，而又以社会科学方法为其基本特色，这一点是不容置疑的。然而，读着读着你又会发现，就算你已纲举目张地抓住了它的主流，还是有很多好书被你遗漏了，比如它的思想史研究、女性研究、城市研究、电影研究、环境研究等等。所以进行这种补遗的工作，一来是鉴于，人家也有相应的对口领域，否则你的介绍就不够完整；二来也是鉴于像环境系列、女性系列等等，也都对应着中国社会的相应失衡。

比如这么多年的改革开放，受损最多的一个社会群体，那就应当是中国的女性了，甚至我们平时所讲的下岗工人，恐怕首先也就是指下岗女性。然而最为可怕的是，我们不仅没有制订出扶助她们的政策，不仅未曾进行摆正这种失衡的实践，就连认识到这种失衡的心态，也都完全没有调整过来。比如，据说有个三陪女经过奋斗，后来不知怎么就当上了副厅长，这就被那些小报热炒起来，先入为主就成了负面的东西，非要往黄色的联想上拉，这就有很大的认识偏差！难道三陪女就非要终身制吗？她就不能经过自己的努力，流动到更高的社会阶层吗？谁还情愿当这个性工作者吗？她一开始不是也没有别的办法吗？那么，由此反映出的落伍观念，跟"文革"的出身制度、印度的种姓制度，到底又有什么不同呢？正是凡此种种的失衡，都迫使我想要通过国际接轨，来引进符合世界潮流的观念。

南都 江苏人民的"海外中国研究丛书"延续下来了，为何后来又启动了译林那套"人文与社会译丛"？

刘东 自己心智上有这样的渴求，外部也有这样的现实危机，两者加在一起就构成了新的动机，使我不能停留于只引进海外的中学，还要进一步引入海外的西学——而且这一次还和早年不同，应当是更加新派、盯紧社会的西学。前一种心智上的动机，还应当说跟此前的汉学引进有关，因为一旦继续深入了解下去，就会发现某本书中的新奇观点，其源头并不在于这本书或者这位作者，而在于当前国际流行的哪种学术观念，就像街上流行红裙子或黑裙子一样。而这样一来，我们也被迫要在理论上登堂入室，更透彻地去了解人家的家法本身，以便在对话中可以知己知彼，不再被人用时髦理论给灌得酩酊大醉。

后一种现实中的动机更加重要——自己之所以要再进行这种引进，既是源自对于亲历历史的悔恨，更是源自对于未来发展的展望。我相信，就在自己的有生之年中，历史终究还会向我们再闪现机会的，但愿我们到了那个时候，已经通过这些年的阅读与反刍，进行了稍微充分一点的准备，以便能切实抓住那样的机会，既知道规避其中的巨大风险，又知道如何充满技巧地扭转危局，从而把中国带出危机，带向光明，带上永续发展的大道。

正因为这样，无论我本人编辑过多少套书，我都要借这个机会郑重说明，其实唯有这一套书的论题与内容，才具有最高的学术重要性。实际上，就连西方本身也不会有更深的东西了，那已经就是他们最后的奥秘了，所以只要我们认真研读了这套书，还有同它论题相近的其他著作，再结合自己历史的传统和本土的经验，就足以积聚起跟西方对话的智力，也就足以在未来的某个历史瞬间，像美国当年的那些幸运的开国者一样，为子孙万代一举写出足以确保长久福祉的决定性文献！

2013 年 3 月 15 日改定